# 晴安寺流便利屋帳

## 安住兄妹《きょうだい》は日々是戦い！の巻

真中みずほ

ポプラ文庫ピュアフル

JN210733

# 晴安寺流《せいあんじりゅう》便利屋帳《べんりやちょう》

## 安住兄妹《きょうだい》は日々是戦い！の巻

# 晴安寺流便利屋帳 ❶

もくじ


序　6

第一話　依頼人は氷の姫　19

第二話　嘘つき少年の家庭教師　135

第三話　就活生と笑顔のケーキ　231

# 序

安住美空《あずみみそら》の朝は早い。

ただし美空は別に早起きが好きなわけではない。できれば世間一般の高校生同様、遅刻ぎりぎりの時間まで眠りの世界に片足を突っ込んでいたいと思う。

しかも今は冬の足音が聞こえ始める十一月半ば。布団の温もりと離れがたい時季だ。

だが睡魔にも二度寝の誘惑にも負けず、美空が早起きする理由はただ一つ。

世間一般の高校生に比べ、朝、少しばかりするべきことが多いからである。

「よいしょっと」

早朝五時四十五分。若さの感じられない掛け声と共に美空は立ち上がった。右手には竹《たけ》箒《ぼうき》、左手には落ち葉の入ったゴミ袋を下げ、ぐるりと辺りを見回す。

正門から続く石畳の道。それなりに風情のある燈籠《とうろう》周り。桜や銀杏《いちょう》、松の木の下。それから手水舎《ちょうずや》に、来訪者が休憩する藤棚下のベンチ。

掃除の行き届いていないところはないか、檀家《だんか》の皆様（特に厳しい奥様方）の目線で一通りチェックする。全てを確認し終え、美空は大きく頷《うなず》いた。

「掃除終了っ。お疲れ様でした」

近所迷惑にならないよう小声で自身を労《ねぎら》ってみる。それに呼応するように、銀杏の木が風に葉を揺らした。

動いている時はまだいいが、立ち止まると寒さが身に染みる。美空は本堂に向かって深々と一礼し、室内に戻るべく掃除道具を片付けに向かった。


美空の実家は寺だ。名は晴安寺《せいあんじ》。

晴安寺はありふれた地方都市に存在する、これといった特徴のない普通の寺だ。抱える檀家数は平均的で、寺の規模は大きくも小さくもない。もちろん先祖代々伝わる幻の秘宝も、檀家の皆様以外を集客する名物も見どころも何もない。形容するなら「ごく平凡な」「どこにでもありそうな」「面白みのない」寺である。

子供の頃、母から夢も希望もない晴安寺の実状を説《と》かれた美空は「じゃあ私と一緒だね！」と無邪気に語り、母を絶句させたことがある。笑えないどころか切ない思い出だ。

ちなみに高校一年生になった今なら「ああ、私と一緒だね」と無駄に喜びも落ち込みもせず、淡々と現状を受け入れ反応できるくらいには大人になった。別にいじけているわけではなく、純然たる自己評価による結論だ。

なにしろ美空の唯一の特徴は、あちこちに跳ねる癖のため肩までしか伸ばせない妙な自己主張をする黒髪。あとは平均的な身長に、そこそこのスタイル。適度にくっきりした二《ふた》重《え》の目に、高くも低くもない鼻。要するに可もなく不可もない「十人並み」の容姿なのだから仕方がない。

そんな美空から見て、両親も共に平均的な人間だ。美空同様、晴安寺の住人として釣り合っていると思う。そうなると家族の中でただ一人、兄だけが様々な意味で規格外なのは何の因果なのだろうかと、常々美空は不思議に思っている。

掃除を終えた美空は二階の自室でジャージから高校の制服に着替え、一階へと下りた。家族が暮らす住居スペースは二階が各々の自室、一階が台所と居間、客間を兼ねた和室となっている。美空がまず向かうのは和室だ。

襖《ふすま》を開けると、ひんやりとした朝の空気が頬《ほお》に触れた。どこか厳粛な気分で静かに畳を歩き、美空は部屋の奥にある仏壇の前に座る。

「おはよう、お母さん」

対面するのは二年前に亡くなった母の遺影だ。

「今日も元気にがんばるね。それとどこかにいるお父さんが、一日を無事で過ごせますように」

笑顔の写真の母に向かい、ぱんと両手を合わせてみる。御本尊様《ごほんぞん》を差し置き、毎朝亡くなった母に祈願するのもどうかと思うのだが、その御本尊様を放り出して家を出ていった父の無事を祈っているのだからやむをえない。

住職だった父が失踪したのは、母の死から数ヶ月後のことだ。定期的に美空の口座に振込みがあるため、何らかの手段を講じて無事に生活しているらしいことはわかる。当初は黙って姿を消した父に対して様々な葛藤があった。だが今では腹を決め、ただ帰りを待つことに決めている。

「あと兄さんが他人様《ひとさま》に迷惑をかけず、そこそこ無難に一日を終えますように」

ついでのように付け加えると、母が苦笑したように思えた。それは少し荷が重いわと言われた気がして、美空も笑いを漏らす。まあ兄のことは母でも御本尊様でもなく、本人に任せておくのが一番だ。

和室を出た美空は居間に向かった。まず居間のヒーターの電源を入れてから、部屋続きになっている台所に足を踏み入れる。今日持っていく弁当と朝食を作るためだ。イスにかけてあったエプロンを着け、冷蔵庫から必要なものを取り出す。

母が生きている時は、ほとんど台所に立つことはなかった。今なら簡単な料理はできるようになったが、生前にもっと教えてもらっておけば良かったと少し後悔している。

弁当分に取っておいた昨日の夕食のおかずをレンジで温める。その間にパンをトースターにセットし、野菜を洗ってシンプルなサラダを作った。後はスクランブルエッグを作って、トーストと皿に載せれば朝食準備は終了。最後に弁当を詰め終えた美空は、一仕事やりきった気分で息をついた。

時計を見れば、時刻は六時五分。通学に二時間かかることを考えると、六時半には家を出たい。エプロンを取った美空は耳を澄まして、二階の様子をうかがってみた。だが悲しいことに物音一つしない。どうやら今日も朝食を食べる前に、兄を叩き起こすという面倒事を速やかに片づけなければいけないらしい。

「本当に何なの、毎朝起こされないと起きないって」

ぶつくさと不満をつぶやきつつ、美空は台所から廊下に出ようとした。そこでふと視線の隅、ヒーターの前に妙に大きな物体が転がっていることに気づく。朝食を作る前にはなかったはずだ。美空は踵《きびす》を返し、居間へと戻った。

物体の正体は毛布の塊《かたまり》だった。思い当たる中身は一つしかなく、美空は湧き上がる怒りに拳を握った。

「何してるのよ」

「……二度寝」

もぞっと毛布が動き、中から眠そうな声がする。朝から自分が耐え忍んでいる欲求を眼前で体現され、美空の怒りは即座に頂点に達した。

「私より一時間遅く起きてるくせに、二度寝してるんじゃないわよ！」

両手で摑《つか》んだ毛布を容赦なく一気に剝《は》ぎ取る。中から現れたのはパジャマ姿の兄、貴海《たかみ》だ。

毛布を剝ぎ取られた寒さからか、貴海は一度小さく身動《みじろ》ぎした。だがそのまま起きることなく、再び眠りについてしまう。すやすやと幸せそうに眠る貴海を冷たい目で見下ろし、美空は無言でヒーターを切った。こういう時、無駄に見目の良い寝顔ほど腹立たしいものはない。

「うう……寒い……」

毛布を求め、貴海の右手が力なく宙をさ迷う。美空は無言で毛布を床に落とした。貴海の手が伸びた瞬間を狙い、ダンッと右足で毛布を踏みつける。

「動けば温かくなるでしょ。さっさと顔洗って、着替えてきて」

感情を削《そ》ぎ落《お》とした声で冷ややかに命じる。駄目押しにと毛布を踏む足に力を込めると、貴海は渋々起き上がった。そして緩慢な動作で美空の足下から毛布を救出し、ズルズルと引きずりながら居間を後にする。

「言っとくけど、三度寝したら朝ご飯はないからね」

兄の背に向かって釘を刺し、美空は台所に戻った。貴海は食い意地が張っているので、この手の脅しは意外に効く。

二人分の朝食の皿をテーブルに並べ、貴海にはコーヒーを、美空自身にはホットミルクを入れる。マグカップを置き、美空がイスに座ったところで、ちょうどルームウェアに着替えた貴海が台所に入ってきた。

「おはよう、美空」

にっこりと笑いかけられ、美空は眉を寄せた。さっきまで床でだらけていたのは別人ですと言わんばかりの抜群の爽やかさだ。

だがキラキラと光の粒子が舞うような極上の笑顔を見ても、美空の心は微動だにしなかった。いくら檀家の奥様方を始めとする女性陣に、眼福《がんぷく》だのご利益《りやく》があるだのと騒がれる代物《しろもの》だろうと、いちいち笑顔一つで懐柔《かいじゅう》されるようでは貴海の妹は務まらない。

なにしろ自他共に認める十人並みの美空に対し、貴海の容姿はまさに完全無欠。対女性用の武器にたとえるなら、ほぼ無敵を誇る有能さだろう。

黒より茶に近い、さらりとした髪。同色の大きな瞳は端整な顔立ちをやや幼く見せ、近寄り難《がた》さを払拭《ふっしょく》し、逆に相手に親近感を抱かせる。さらに細身の体軀《たいく》はしなやかな柔和さがあり、年上からは献身を、年下からは憧れを引き出す両機能付きだ。

しかし美空は知っている。本当の意味で敵なしなのは、見た人を魅了する外見ではなく、それを物ともしない破天荒な中身だということを。

「早く食べないと、遅刻するんじゃないのかなあ」

　そそくさと自分の席に着いた貴海は、ちらりと壁掛け時計に目をやる。白々しい態度に美空は辟易《へきえき》した。別に貴海は美空を気遣っているわけではなく、自分が空腹なだけなのだ。そして二度寝から目覚めたのも、単に眠気より食い気が勝ったからに他ならない。

「言われなくても食べるわよ」

　腹立たしいが、このままだと本当に遅刻になってしまう。貴海の前の席に腰を下ろし、美空は手を合わせた。

「じゃあ、いただきます」

「いただきます」

　言うと同時、貴海はコーヒーに大量の砂糖とミルクを入れ始める。そこまでしてコーヒーを飲む必要はあるのだろうか。素朴な疑問を抱きつつ、美空はサラダにドレッシングをかけた。

「ねえ兄さん、いつも言ってるけど、朝は自分で起きてくれない?」

　口にしたトマトの酸っぱさに耐えつつ、美空は苦言を呈《てい》した。貴海は口にしたコーヒーが好みの甘さになったのか、上機嫌な笑みを浮かべる。

「今日は自分で起きたよ」

「二度寝してたじゃない」

「一度起きたからこその、二度寝だね」

トーストにママレードを山盛りにし、悪びれることなく貴海は屁理屈を口にする。レタスをぱりぱり食べながら、美空は口を尖《とが》らせた。

「二度寝する暇があるなら、お寺の掃除くらい手伝ってよ」

「却下」

最終的にスプーンに載せたママレードをそのまま口にし、貴海は美空の提案をあっさり切り捨てる。

「朝の掃除は美空が自主的に、好きでしていることだろ？　嫌なら止めればいいし、僕がわざわざ睡眠時間を削ってまで手伝う必要はないよ」

それなりに納得できる言い分に、美空は唇を嚙《か》み締めた。貴海は更に続ける。

「そもそも僕は寺の息子だけれど、僧侶なわけじゃない。いい歳して家出した親父が戻ってくるまでの、場つなぎの留守番役にすぎないしね。寺のことは僕が下手に手や口を出すよりも有能なお弟子さんに任せておけば問題なし」

確かに貴海は晴安寺住職の息子だが、数ヶ月前までは普通の会社勤めをしていた一般人でしかない。それもこれも「面倒だから」という理由で修行を放棄し、僧籍を得ていないためだ。そのため日々の寺の管理と必要な業務は、先代住職であった母方の祖父の弟子の僧侶が通いでこなしてくれている。よって安住兄妹が晴安寺に対して負わなければならない絶対的な義務は、今のところ存在しない。

「それに他《た》は是《これ》、吾《われ》にあらず。僕には僕のやるべきことがあるからね」

禅語を踏まえた偉そうな言い草に美空は眉を寄せた。僧侶ではないと言いつつ、何かと知った風に仏典から引用した名言や名句を口にされると腹が立つ。

「なら今日、兄さんのやるべきことって何？　私は学校が終わった後、原岡《はらおか》のおばあちゃんの買い物代行をしてから帰るけど」

嫌みを込めて、美空は自分の今日の予定を披露する。重量の増したトーストを片手に、貴海はにこりと笑った。

「僕は家で電話番だよ」

「は？」

すぐに言われたことが理解できず、思わず美空は聞き返す。笑顔を崩すことなく貴海は繰り返した。

「だから家で電話番」

かちりと時計の針が動く。現実を理解し、美空は音をたて立ち上がった。

「要するに今日、兄さんのするべき便利屋の仕事が何もないってことでしょうがっ！」

美空は手に持ったフォークの切っ先を、びしりと貴海に突き付ける。

「私に仕事を回しておいて、自分は何もしないってどういうことよ！」

「電話番も立派な仕事だよ」

「どこが？　何が？　人はそれをさぼってるって言うんじゃないの？」

納得ができず、ぶんぶんと美空はフォークを振り回す。貴海はトーストを口にしながら、憐《あわ》れみを含んだ目で美空を見た。

「食事中に無駄に怒ると、身体《からだ》に悪そうだなあ」

「誰のせいだと……っ」

目まいを覚え、美空は力なくイスに座り込んだ。

普通に会社勤めをしていた貴海が仕事を辞め、何を思ったか便利屋を始めると宣言したのは一ヶ月ほど前になる。様々な転職を繰り返した結果、なぜそのような決意に至ったかは未だに謎だ。

ちなみに貴海は美空より十歳年上で、現在は二十六歳の立派な成人男性である。よって両親が健在なら、貴海がどこで何をしようと美空は口を出すつもりは毛頭ない。実際、貴海は二十歳《はたち》で家を出て一人暮らしを始めたため、美空の生活に直接的な影響を与えることはなかった。

だが母が亡くなり、父が失踪した現在、家に戻ってきた貴海の存在は大きい。諸々の事情から、寺の収益にも、父からの仕送りにも手をつけないと決めた美空としては、貴海が唯一の金銭的支えだ。

　そんな貴海が定期収入のある会社員から、便利屋に転身すると決めた時、美空は悟った。何を言っても兄は止められない。そして便利屋が上手《うま》くいかなかった場合、被害を受けるのは誰でもない美空自身だと。

　美空は甘くはない現実を受け入れた。家計と自分の生活を守るためには、便利屋稼業が上手くいくよう貴海を手伝うしかない。たとえ貴海が「働かざる者食うべからず」と偉そうに格言を掲げ、美空に雑用を回してきたとしても耐えるしかない。

「美空」

　無意識にフォークを握り締める美空に、貴海が声をかけた。

「光陰矢の如《ごと》し。僕に文句を言う暇があるのなら、さっさと食べた方がいいんじゃない？」

　我に返り、美空は時計を見る。時刻は六時二十五分。タイムリミットは目前だ。

「言われなくても食べるわよっ」

　先と同じセリフを繰り返し、美空は大急ぎでスクランブルエッグをかき込む。トーストを大口で頬張り、ホットミルクを一気に飲み干して、慌《あわ》ただしく朝食は終了だ。

「電話番とか言って、一日ぐだぐだしてたら絶対に許さない。帰ってきたら覚えときなさいよ。あとサラダも残さず食べること！」

　念のために早口で釘を刺し、美空はイスの足下に置いておいた鞄《かばん》を取り上げた。何とか遅刻は免《まぬが》れそうだ。

「美空」

コートを引っ摑み、部屋を出ようとしたところで再び貴海に名を呼ばれる。足止めを喰った気分で、いらいらしながら美空は振り返った。

「今度は何」

「いってらっしゃい」

穏やかな声音で貴海は告げる。その瞬間、今までの苛立ちが一気に消え失せた。それが悔《くや》しくて、むうっと頰を膨《ふく》らませる。

「いってきます！」

宣戦布告のように言い放ち、美空は貴海に背を向けた。姿勢を正し、深呼吸。自然と綻《ほころ》びそうになる口元を引き締め、大きく一歩を踏み出す。

さあ、一日の始まりだ。

# 第一話

# 依頼人は氷の姫

# 1

夕刻六時三十五分。右手に買い物袋、左手に紙袋を下げ、美空《みそら》は家路を急いでいた。

朝、貴海《たかみ》に告げた予定通り、学校帰りに原岡《はらおか》家に寄った美空は、便利屋に依頼された買い物代行を問題なく終えた。その際、ついでに済ませた安住《あずみ》家の買い物は、右手の袋に詰まっている。そして左手の紙袋の中身は老舗《しにせ》和菓子屋の饅頭《まんじゆう》で、買い物代行の依頼人である原岡のおばあちゃんこと原岡初代《はつよ》にもらった貢物だ。

原岡家は晴安寺《せいあんじ》ができて以来の檀家《だんか》さんで、初代は貴海の大ファンである。初代は「カミくんを見ると寿命が延びる」が口癖で、年齢は七十を超えているはずだが、かなり元気なご婦人だ。本人曰く、買い物代行を依頼するのも別に身体《からだ》が不自由だからではなく、単に趣味に交友にと忙しいためらしい。ある意味、理想的な老後を過ごしているのだろう。

（でもまあ、それだけじゃないけどね……）

美空は思わず乾いた笑いを浮かべた。気づかないふりをしているが、現在、原岡家では姑《しゆうとめ》の初代と嫁の黎子《れいこ》との間で水面下の戦いが勃発している。その戦いとは「どちらがより便利屋に仕事を依頼し、貴海を経済的に援助できるか」という不毛なものだ。妹の美空としては、非常に肩身が狭い。

だがそういった皆様の行為（好意とも言う）によって、便利屋稼業が支えられているのも事実で、美空は複雑な気分になる。もちろん純粋な依頼もあるのだが、貴海が美空一人に回してくるのは檀家の女性絡みの依頼が多く、面倒事を押し付けられている気がしてならない。

（だいたい便利屋って、どうなのよ）

転職を繰り返した末に、しかも寺の息子が跡を継がずに選ぶ職業として、便利屋が正解なのか不正解なのか。美空にはよくわからない。そもそも父が失踪した時、貴海に寺を継がせるという選択はなかったのかと、美空は前住職の祖父に尋ねてみたことがある。

すると祖父は、

『貴海は晴安寺に収まるような器ではないだろう』

と悟ったように遠い目をして語り、祖父に寺を任された弟子は、

『貴海くんは自由な人ですから』

と仏《ほとけ》のような微笑《ほほえ》みを浮かべ、祖父に同意を示した。

これだけ聞くと全てが円満に決まったように思えるが、美空が密《ひそ》かに耳にした噂では、貴海が僧侶になって晴安寺を継ぐか否かの話が出た際、

『これでカミくんを毎日好きなだけ拝める』

と檀家の女性陣が狂喜乱舞したのに対し、

『貴海くんが寺を継いだら、お布施でうちが破産する』

と男性陣が涙ながらに訴え、かつてない離壇と離婚の危機を防ぐべく、寺の関係者たちは貴海の後継者案を取り下げたとか。嘘か真《まこと》かは微妙なところだが、そもそも貴海本人に寺を継ぐという選択肢がなかったのだから仕方ないことだろう。ちなみに「カミくん」とは寺の息子らしからぬ貴海の愛称で、美空はそれを聞く度に御本尊《ごほんぞん》様に申し訳ない気持ちでいっぱいになる。

美空は駅から続く大通りを左に折れ、少し薄暗い脇道へと入った。駅から歩くこと十分弱、このあたりはかつて寺町であったせいか道幅が狭く、車はもちろん人の行き交いもあまりない。古びた石段や職人技が光る生垣、鉢植の並ぶ家の玄関先を横目に見ながら、美空は街灯に照らされる道を進む。

路地を抜け、多少開けた道に出ると、月明かりに浮かぶ木門が見えてきた。辿りついた我が家。美空は両手の袋を持ち直し、門前に立った。

「ただいま戻りました」

一旦両足を揃《そろ》えて姿勢を正し、寺の本堂に向かって一礼をしてから門をくぐる。家族用の通用口ではなく正門を通り、帰宅の挨拶をしてから中に入るのは、父がいなくなってから始めた決め事だ。寺の娘としての自覚と、日頃顔を合わせる機会はないが、寺の管理をしてくれている祖父の弟子への敬意も含めている。

燈籠《とうろう》の灯《あか》りを頼りに掃き清められた石畳を歩き、美空は玄関の引き戸の前に立つ。貴海は今日一日、何をしていたのだろう。そんなことを考えながら戸を開けた。

「ただいまー」

中に向かって声をかける。すると廊下の向こうから、ひょこっと貴海が顔を覗《のぞ》かせた。うずうずした表情は妹の帰宅を迎える兄というより、夕飯を待ちかねた子供に近い。

「おかえり、美空」

そう言う貴海の視線は、美空の左手の紙袋の上でピタリと止まった。さり気なく紙袋を背後に隠し、美空は三和土《たたき》に上がる。両手が塞《ふさ》がっているためコートを着たまま廊下を進み、貴海のいる居間に入った。荷物を下ろし、美空がコートを脱ぐ隙に、ちゃっかり貴海は紙袋を掠《かす》め取る。

「うん。今日は白梅堂《はくばいどう》の饅頭か」

上機嫌な貴海から、美空は無理やり紙袋を取り上げた。

「これは私の労働の対価よ。兄さんは今日、何をしていたの？」

本当は貴海への貢物なのだが、真相は伏せておくに限る。

「言った通り、電話番かな」

諦めきれない様子で貴海は紙袋を凝視する。美空はスッと目を細めた。

「さぼってたのね」

「さぼってないよ。その成果として、これから依頼人が来るんだから」

「そうなの？　今から？」

驚いて美空は目を丸くした。得意げに貴海は頷《うなず》く。

「わざわざ美空の帰ってくる時間に合わせたんだよ。そろそろ来る頃だと思うけど」

と言っているそばからインターフォンが鳴った。貴海は笑顔で右手を差し出す。

「よろしく、美空」

仕方なく紙袋を貴海に預け、美空は廊下へと出た。美空の在宅中に便利屋の依頼人が来た場合、出迎えるのはなぜか美空の役目になっている。

寒空の下、客を待たせてはいけない。大急ぎで玄関に向かい、美空は引き戸を開けた。

「すみません、お待たせしましたっ」

がばっと頭を下げると、大丈夫ですと落ち着いた声が頭上に降ってきた。声から察して、依頼人は若い女性だ。顔を上げ、その姿を捉《とら》えた美空は思わず瞠目《どうもく》した。

（すごい、きれいな人）

目の前に立っていたのは二十代半ばの女性だ。艶《つや》やかな長い黒髪に、澄んだ夜空を思わせる凜とした瞳が印象的で、ごく自然な薄化粧にシンプルなベージュのスーツという特徴のないスタイルにもかかわらず、はっと目を見張ってしまう正統派の美人だ。

「こちらは便利屋のＳＥＩＡＮＪＩさんで間違いないでしょうか」

冷静な彼女の問いかけに、無意識に美貌に見入っていた美空は我に返る。

「はいそうです。お入り下さい」

あたふたと中へ促《うなが》すと、依頼人は軽く頭を下げ、玄関に足を踏み入れる。裏返しに折り畳まれたコートを腕に掛け、脱いだハイヒールをきれいに揃える姿に、美空はマナーの手本を見ている気分になった。

「何か？」

美空の視線に気づいたのか、彼女が短く問いかける。温度の感じられない眼差《まなざ》しに、美空はぶんぶん首と両手を振った。

「何でもありません。えぇっと、こちらへどうぞ」

ぎくしゃくと美空は廊下を進む。肩に妙な力が入るのは、依頼人が類を見ない美人だからではない。さっきから一ミリも崩れることのない無表情な美貌に、言い様のないプレッシャーを感じるからだ。

（なんだろう。背中がぞわぞわする……）

動物的な勘で美空は察する。便利屋に仕事がきたと喜ぶべきなのに、正直、厄介ごとの予感しかしなかった。

便利屋の依頼人と話をするのは、一階の和室と決まっている。寺の領域を使用しない以上、そこしか場所がないからだ。

例に漏れず、彼女も貴海と和室で対面した。絵的に見れば美男美女が向き合うトキメキ空間なのだが、美空の鼓動は別の理由で速まった。

美空の今までの経験上、貴海を前にした女性は何らかの反応を示す。ぼうっと見惚《みと》れてみたり、頬を赤く染めたり、ドギマギと視線を逸《そ》らしたり、やたら積極的に話しかけたりと様々だ。

だが依頼人の彼女に限っては、恐ろしいくらいに無反応だった。まるで道端の小石を見るかのように何の感慨もなく貴海を見つめる彼女に、美空は密かに狼狽《うろた》える。

「では改めまして、便利屋ＳＥＩＡＮＪＩの社長、安住貴海です」

美空の動揺など気にすることなく、貴海は笑顔で自己紹介をする。美空は貴海の神経に唖然とした。晴安寺をローマ字変換しただけの、独立した職場も従業員も存在しない現状で、よく堂々と社長などと言えるものだ。

「あとこっちは妹の美空。便利屋のアルバイトだよ」

一度もアルバイト代をもらったことはないので、正式にはただ働きのボランティアである。口にできない訂正を胸に秘め、美空はぺこりと頭を下げた。

「はじめまして、氷上紗妃《ひかみさき》と申します」

相変わらずの無表情で、彼女は淡々と名乗った。

「今日こちらへ伺いましたのは、陸箕《むつみ》仁《じん》さんの紹介によるものです」

「仁ちゃんの？」

馴染《なじ》み深い名前を耳にし、美空は思わず口を挟んだ。

仁は貴海と同じ歳の幼馴染《おさななじみ》だ。幼稚園から大学まで、仁は何かと世話の焼ける貴海と同じ学校に通うという偉業を成し遂げ、さらに大人になった今でも折に触れては貴海を補佐してくれる人物で、美空が信頼かつ尊敬する相手である。

(仁ちゃんの知り合い……って、なんだろ)

仁と目の前の美女が結びつかず、美空は首をひねる。貴海との日常会話から察する限り、恋人という線はなさそうだ。

「陸箕さんは会社の先輩です。現在の部署は違いますが、新人の頃にいろいろとお世話になった方です」

二人の意外な関係に驚き、美空は瞬《まばた》きをした。某有名大学を卒業後、ふらふらと転職を繰り返して便利屋になった貴海とは対照的に、仁は新卒から大手商社に勤める典型的なエリートだ。その仁の会社の後輩ということは、紗妃はかなりの才女ということになる。

「氷上さんて、すごいんですね」

美人なのに頭も良い。天は二物を与えるとはこのことか。素直な感想を漏らすと、紗妃は初めて真正面から美空を捉えた。

「別に大したことはありません。それに現在は休職中の身です。社内で人間関係のトラブルを起こしましたので」

どうやら地雷を踏んでしまったらしい。謙遜ではなく真っ向から否定され、座布団の上で美空は小さくなった。

「まあY商事くらいの大企業になると、社員も大勢いるからね。人間関係のトラブルなんて日常茶飯事だろうし、そんなに気にする必要はないんじゃないのかな」

貴海の口調は軽いので、慰めも単なる世間話にしか聞こえない。もっとしっかりフォローしてよと、美空は歯嚙みした。

「たとえ日常茶飯事だろうと、自分の身に降りかかれば話は別です。少なくとも私は休職中の一週間以内に会社に残るか否かを選択しなければなりません。そこであなたに、お聞きしたいことがあります」

美空から外した視線を一度机に落とし、それから紗妃は貴海を見た。

「陸箕さんに聞いた話によりますと、あなたには多彩な転職歴があるそうですね」

「うん。言われてみれば、そうだなあ」

のほほんと他人事のように貴海は言う。その適当すぎる態度に、美空は慌てて補足した。

「兄さんは大学卒業後、けっこう大手のＩＴ企業に勤めたのよね？　そこを辞めた後は有名ブランド店の店員さんとか、食品メーカーのクレーム対応とか、あと予備校の講師をしていたこともあるわよね？」

「うん。言われてみれば、そうだなあ」

繰り返される適当な相槌《あいづち》に、美空は頬を引きつらせた。紗妃は呆れるでも怒るでもなく、ただじっと貴海を見つめている。

「なぜ何度も転職をされたのですか？」

これは質問ではなく尋問だろうか。紗妃の放つプレッシャーに美空は恐れおののくが、そんなものに動じる貴海ではない。

「それはまあ、なんとなく」

出た。美空は頭を抱えたくなった。「なんとなく」は説明するのが困難もしくは面倒な時に出る貴海の常套句《じょうとうく》だ。

「やっぱりどんな職種が自分に合うか、いろいろやってみないとわからないものね？　あと社内の人間関係とか、職場環境とか勤務条件とか、それなりに問題があったりしてね？」

貴海に代わり、あせあせと美空は自分の見解を述べてみた。紗妃は表情こそそのままだが、放つ空気が確実に変化している。

「では転職を繰り返した後、便利屋を始めようと思ったのはなぜですか？」

紗妃の尋問は更に続く。お願いだから、まともな答えを返して。美空は祈りを込めて、座布団の端をぎゅっと握った。

「うーん。それもまあ、なんとなく」

だが貴海はあくまでも貴海だった。案の定の答えに、ピシリと音をたて空気が凍りつく。終焉《しゅうえん》の気配に美空は肩を落とした。今回の依頼は聞く前に無かったものと思うしかない。

「わかりました」

紗妃の声を、美空は座布団の布地を見ながら聞いた。恥ずかしさと申し訳なさで顔を上げられない。

「では正式に、便利屋さんに仕事を依頼させていただきます」

予想外のことに、弾《はじ》かれるように美空は顔を上げた。この流れで、どうしてその結論になるのだろう。ここは貴海の不誠実な態度に怒り出て行ってしまってもいいくらいなのに。

「依頼内容は、私をここで雇うことです」

更に予想外のことに美空は目を丸くした。混乱して、何が何だかわからない。

「私は自分の進退を決めるに当たって、あなたの意見を参考にしたいと思っていました。ですがあなたには私の質問に答える気が全くありません。それなら私は私自身で答えを見つけます。そのために私をここで雇って下さい」

「ちょっと待って、落ち着いて下さい」

美空は両手を前に出し、ストップの姿勢を取った。

「氷上さんが会社を辞めるか辞めないか、それを決めなくちゃいけないのはわかりました。でもそこになんで兄さんが出てくるんですか？　そういうことはもっと常識のある人、というか先輩の仁ちゃんに相談した方がよくないですか？」

「陸箕さんには相談しました」

抑揚のない声で紗妃は答えた。

「その結果、彼の話を参考にするようアドバイスされました」

なんで？　どうしてそうなるの？　美空の頭にクエスチョンマークが浮かぶ。

「でもだからって、便利屋で働くなんて無茶苦茶です。氷上さん、もう少し冷静に」

「私は至って冷静です」

そうですねと、美空は同意しそうになった。紗妃は冷静を通り越し、もはや冷酷にすら見えてくる。

「じゃあ給料と依頼料、差し引きゼロで手を打とう」

場をまとめるように、貴海がポンと手を叩く。美空は愕然とした。

「兄さん、何を平然と」

「わかりました。それでけっこうです」

美空の反論を遮《さえぎ》り、紗妃は貴海に向かって頭を下げる。

「明日からよろしくお願いいたします」

「こちらこそ、よろしく」

無表情の紗妃と笑顔の貴海の間で、よく分からないうちに契約が結ばれる。いつの間にか一人取り残され、美空は居《い》た堪《たま》れない気分で肩を落とした。


紗妃が帰宅した後、美空は多大な疲労感を覚えた。貴海がうるさいので夕食を作って食べたが、その味も定かではない。

「本当にもう、何を考えているのよ」

すっかり片付いた食卓のテーブルに肘をつき、美空は頭を抱えた。

「氷上さんのこと、本気で便利屋で雇うつもり？」

「だって本人がそのつもりだからね」

貴海は夕食後に貢物の饅頭を食べ終え、満足げに緑茶をすすっている。

「それに給料が発生するわけでもないし、無料で人員が確保できたと思えばラッキー」

「じゃないでしょ。どう考えても」

深々と美空は息をついた。

「氷上さん、なんだか訳ありじゃない？　社内で人間関係のトラブルを起こしたって言ってたけど、何があったのかよくわからないし」

「その辺は元凶に説明させるから問題ないよ」

湯呑み片手に携帯をいじっていた貴海は、小さく笑いを漏らす。

「うーん、返信がないのは忙しいのか。わざとなのか。どっちかな」

独り言のようにつぶやく貴海は実に楽しそうだ。鳴らない携帯を操作し、貴海は鼻歌交じりで電話をかけ始める。しばらくして留守電につながったようだ。

「もしもし仁？　僕だけど、話があるから明日の夕方にでもうちに来なよ。用件はわかってるよね。手土産は山上屋《やまがみや》の栗きんとんでよろしく」

一日限定十箱という入手困難な手土産をリクエストし、貴海は通話を終える。美空は眉を寄せた。

「すぐそうやって、仁ちゃんに我《わ》が儘《まま》を言う」

「いいんだよ。今回の件は仁が一枚噛んでるみたいだし」

偉そうな言い草だが、貴海が仁にたかるのは今に始まったことではない。

「言っておくけど、氷上さんは仁ちゃんの会社の後輩さんなんだからね。これ以上の失礼がないように気をつけてよ」

なぜ仁が紗妃を貴海に会わせたのかはわからない。だが貴海と紗妃の間で問題が勃発し、仁に迷惑がかかる事態だけは避けなければ。

「わかってる。とりあえず明日からの二日間、彼女のことは美空に任せるよ」

「はあ？」

突然の申し出に、美空は声を上げた。

「意味わかんない。何でそうなるわけ？」

「だって土曜と日曜、美空のやるべき便利屋の仕事がいくつかあるだろ？」

あるのは「やるべき」というより貴海に押し付けられた仕事だ。

「それを彼女と一緒に片づけてきなよ。アシスタントができて楽でいいなあ」

「全然よくない。絶対に楽なんてできない」

紗妃の冷たい美貌を思い出し、美空は背筋を震わせる。なけなしのコミュニケーション能力をフル稼働させても、上手くやっていく自信は微塵もない。

「だいたい氷上さんは兄さんの意見が聞きたくて、便利屋になるって言い出したんでしょ？　兄さんじゃなく、私と一緒に行動したって仕方ないじゃない」

「仕方なくはないよ。少なくとも便利屋がどういう仕事かは体験できるからね。それに仮に明日、彼女が僕と一緒に行動するとなると、檀家の皆様が主催する晴安寺の昼食会に参加することになるんだよなあ」

美空は頬を引きつらせた。明日開催されるのは昼食会という名の、料理自慢の奥様たちによる貴海の餌付け大会だ。そんな奥様方の渾身《こんしん》の手料理を、無表情に見つめる紗妃。想像しただけで、美空は胃が痛くなってきた。

「あ、明日は私が、氷上さんと一緒に行動するからいい」

「うん。よろしく」

貴海は満足げに頷く。上手く言いくるめられた気になって、美空は大きく息をついた。

＊

紗妃が安住家を出て数十分後、駅に向かう道の途中で携帯が鳴った。

「はい、氷上です」

相手が誰かを確認し、紗妃は歩みを止める。

「陸箕さん、お疲れ様です」

「おう、お疲れ」

声の向こうから聞こえる音から察して、仁はまだ職場にいるようだった。人の行き交うオフィス。飛び交う専門用語。緊張感と息苦しさ、そして高揚感すら生み出すビジネスの戦場。一瞬で甦《よみがえ》る慣れ親しんだ光景を、打ち消すように紗妃は軽く頭を振った。

「あいつのところに行ってきたんだろ？」

「はい。ちょうど今、帰るところです」

歩みを再開しながら、紗妃は応じた。

「ふうん。で、どうだった？」

「とりあえず、明日から便利屋で働くことになりました」

ありのままを答えると、一瞬沈黙が落ちた。

「……なんでそういうことになるんだ？」

改めて訊かれると、紗妃としても返答に困る。

「そうですね。思った以上に予想外の方で、私の常識が通じなかった結果、そうなりました」

「いや、貴海はともかく、氷上も相当に予想外だけどな」

すみませんと紗妃はつぶやく。電話の向こうで仁が苦笑した。

「まあいい。貴海の方はオレがフォローしとくから、氷上は気が済むまで好きにしろ」

「はい。ありがとうございます」

再び立ち止まって通話を終えると、静寂に包まれた。光の無くなった携帯画面に映る自身の顔を、紗妃はぼんやりと見つめる。

『あいつの生き方を、真似《まね》しろとは言わない』

数日前、仁に言われたことがふいに甦った。

『ただ参考にはできる。お前が今後、どう生きるかを決めるために』

ふっと一つ息をつき、紗妃はハンドバッグに携帯を投げ入れた。そして街灯に照らされる道を一人、駅へと向かって歩き出した。

2

翌日の土曜日、美空は安住家を訪れた紗妃と共に、第一の依頼人である石田《いしだ》家に向かった。石田宅は歩いて十分ほどの近所にある一軒家で、晴安寺の檀家である。

「こんにちは、便利屋SEIANJIです」

美空がインターフォンを鳴らすと、男性の声で返答があった。

「やあ美空ちゃん、休みの日に悪いね」

玄関から出てきたのは石田家の主人、石田哲夫《てつお》だ。体形も顔も丸みを帯びており、人の好《よ》さが滲《にじ》み出ている。

「一昨日《おととい》転んで足をやっちゃって、情けない限りだよ」

頭を掻《か》く哲夫の左足には包帯が巻かれている。どうやら捻挫《ねんざ》したらしい。

「お大事にして下さい。うちは全然平気です」

商売ですし、と言いかけ美空は口を濁《にご》す。さすがに怪我人を前に、収益が上がってありがたいとは言えない。

「じゃあこいつの散歩、よろしく頼むよ。おいで、テツ」

哲夫は左足を庇《かば》い、ひょこひょこと犬小屋の前に移動する。名を呼ばれ、中から柴犬が顔を覗かせた。今日の第一の仕事は、犬の散歩代行だ。

「これが散歩コースの地図、だいたい四十分くらいかな」

美空に地図を手渡し、哲夫はテツの鎖をリードに代える。

「昨日までは女房か娘が散歩してくれていたんだけどね。今日はほら、例の昼食会の準備で時間がないらしくて……」

心なしか、哲夫とテツの頭が項垂《うなだ》れる。どうやら石田夫人と大学生の娘さんは、怪我をした夫と散歩待ちの愛犬より、貴海への手料理を優先させたらしい。申し訳ない気持ちでいっぱいになり、美空はできる限りテツに尽くそうと心に決めた。

「行こうか、テツくん」

美空が哲夫に手渡されたリードを引くと、テツは大人しくついてきた。主人同様、空気の読める従順な犬のようだ。

門を出ると、壁に寄り掛かることなく紗妃が立っていた。紗妃はテツをちらりと見下ろし、何の反応もなく前を向く。犬を見ても、特に何も思わないらしい。

「あれ？　お連れさんがいるんだね」

外までついてきた哲夫は紗妃を見て、目を大きく丸くした。最初は紗妃の存在に、それから紗妃の美貌に、二度驚いたようだ。

「諸事情がありまして、今日から便利屋で働かせていただいております。氷上紗妃と申します」

ぽかんとする哲夫に向かって、紗妃は優美な仕草で頭を下げる。礼儀正しく丁寧な言動だが、相変わらずニコリとも笑わない。

「は、はじめまして。石田です。本日はその、うちの駄犬の散歩を引き受けて頂き、何と言いますか、誠に恐縮の限りでありまして……」

紗妃の冷ややかな美貌に圧倒されてか、哲夫はたじたじだ。額の汗を押さえる哲夫の姿に、自分と話す時との差がすごいなと美空は遠い目をした。

「それであの、あなたは貴海くんの」

「一つ言わせていただきますが」

哲夫の言葉を遮り、ずいっと紗妃は一歩前へ出た。

「私と社長は個人的な付き合いは一切ございません。くれぐれも誤解のないよう、奥様とお嬢さまにお伝え下さいませ」

深々と紗妃は頭を下げる。丁寧すぎる態度が逆に怖く、もはや脅迫のようだ。

「では行きましょうか」

用は済んだとばかりに促され、美空は頷く。

「よ、よろしくお願いします」

哲夫が頭を下げる。そんな主人を振り返り、テツは心細そうにクンと小さく鳴いた。

約二十分後、美空と紗妃は折り返し地点である公園に辿りついた。

ただ公園と言っても遊具などはなく、池を中心に一周できる遊歩道、さらにその周りに芝生が広がっている。そのため親子連れだけでなく、ウォーキングや犬の散歩をする大人たちにも人気の場所だ。

「こんにちはー」

「こ、こんにちは！」

テツを連れているためか、同じように犬の散歩中の人たちが気軽に挨拶をしてくる。美空は無駄に大声で、紗妃は無言で会釈をし、足して二で割るとちょうどいい挨拶を返しながら二人は散歩を続けた。

「ええっと、ここで一旦休憩です」

哲夫の散歩コースの地図には、ベンチで五分休憩と書かれている。美空が芝生に設置されたベンチに座ると、テツも大人しくお座りをした。主人の言いつけを守っているのか、本当に手のかからない利口な犬だ。

持ってきた水をテツに与えると、することがなくなってしまった。隣に座った紗妃は前を向いたまま、彫像のように動かない。その無表情さと沈黙に耐えきれず、美空は口を開いた。

「あの、氷上さん、今日はすみません」

何事かと水を飲んでいたテツが顔を上げる。大丈夫だよと頭を撫《な》で、美空は言葉を続けた。

「兄さんじゃなく、私に付き合ってもらうことになってしまって。しかもその、私が一人でする便利屋の仕事は日常的な、わりと誰にでもできることが多いんです。だから氷上さんが思い描いていることとはかけ離れているというか、物足りないと感じるんじゃないかな、と」

「問題ありません」

表情も視線もそのままで、紗妃は淡々と応じた。

「昨日の今日で、いきなり社長に同行できるとは思っていません。それに便利屋で雇っていただくと決めた時から、どんな仕事でもするつもりでいます。仕事は仕事ですし、内容を選り好みするつもりは一切ありません」

はあ、と美空はつぶやいた。立派すぎる心がけは逆に申し訳なく、真綿で首を絞められるような息苦しさが否めない。

「それとうちは企業じゃないので、兄さんのことを社長と呼ばなくていいですよ。あと私も年下なので、敬語を使ってもらわなくて大丈夫です」

「いえ、社長は社長ですし、あなたは年下でも先輩ですので」

紗妃の態度はそっけなく、取りつくしまもない。貴海が社長と呼ばれるのは気恥ずかしいし、自分が敬語を使われるのは堅苦しくて嫌なのだが、我慢するしかなさそうだ。

（生真面目《きまじめ》？　頑固？　几帳面？）

紗妃の人柄を量りかねて、美空は首をひねる。ただ紗妃も貴海同様、強烈なのは外見より中身なのかもしれない。そんなことを思っていると、横から声がかかった。

「こんにちは」

声のした方に顔を向けると、小型犬を抱えた若い男性が立っている。年齢は二十代半ばくらいで、スポーツマン風のそこそこ整った顔立ちをした男性だが、常日頃から貴海を見慣れている美空からすれば、中の下くらいのレベルだとしか思えなかった。

「可愛《かわい》いワンちゃんですね、何歳ですか？」

美空の酷評など知る由《よし》もなく、男性はイケメン気取りで紗妃に話しかける。紗妃はちらりと男性を横目で見て、すぐに視線を前に戻した。

「あいにくお預かりしている犬なので、何歳かは存じません」

相変わらず無表情で、紗妃は最低限の答えのみを口にする。明らかな会話の拒絶に、男性の笑顔がひくりと引きつった。空気の変化を察したのか、テツがそわそわと立ち上がる。

美空はリードを握り締めた。

（……どうしよう）

これはいわゆる、ナンパというやつではないだろうか。男性は純粋な犬好きではなく、犬を通して紗妃とお近づきになりたいに違いない。その証拠にさっきから、美空には一切話しかけてこない。

「そろそろ時間です、行きましょう」

重苦しい空気を一刀両断にし、紗妃は立ち上がった。こんな状況でも、しっかり休憩時間を計っていたらしい。待っていましたとばかりにテツが歩き出し、それに引っ張られる形で美空もベンチから腰を上げた。

「なんだよ」

数歩進んだところで、男性が苦々しげにつぶやく。

「ちょっと美人だからって、調子に乗ってんじゃねーよ」

明らかに聞こえるように吐かれた言葉だ。思わずむっとして、美空は足を止めかけた。

「かまいません」

だが冴えた声で告げ、紗妃はそのまま歩き続ける。

「時間の無駄です」

それだけ言うと口をつぐんだ。形の良い唇が、何かに耐えるように真一文字に結ばれる。

隣を歩いていたテツが足元で、心配そうに鼻を鳴らした。

散歩代行を終えた美空と紗妃は午前中にもう一件、庭の草取りの依頼を遂行した。その後、簡単な昼食を取り、二人は二駅離れた場所にある河川敷へと向かった。

「次の依頼は捜し物です。依頼人の希望で個人情報は詳しく話せませんが、一昨日《おととい》この場所で失くした指輪を捜して欲しいとのことです」

この依頼は檀家関連ではなく、貴海の個人的な知り合いから持ち込まれたものだ。それを美空に回してきたのは、体力と時間を要する依頼だからに他ならない。

「彼氏とケンカをした依頼人はヤケ酒をして泥酔。酔った勢いで、彼氏から貰った指輪を土手の道から河川敷に投げて紛失。その後、彼氏と仲直りした依頼人は慌てて指輪を捜したが見つからなかった、と」

恐々と美空は紗妃の様子をうかがった。無表情が、やはり怖い。

「面倒な依頼ですいません。とりあえず私がそのへんを捜してみるので、氷上さんは」

「それ、見せてもらえませんか?」

紗妃は美空の持つメモ用紙を指さした。

「捜すのはシンプルなシルバーリング。依頼人は女性で身長百六十二センチ、右利き、対岸に見える白い建物に向かって、真正面から指輪を投げた……」

美空の手渡したメモを見ながら、紗妃は自身の指にはめていた指輪を引き抜いた。それからヒールを脱いで地面に立ち、白い五階建ての建物に向かって体勢を整える。

「酔っていたので、腕力はない。そうなると」

つぶやきながら、紗妃は指輪を投げた。指輪はひょろりと放物線を描き、力なく草むらに落ちる。

「とりあえず、あの辺りから捜しましょう。徐々に範囲を外に広げていく感じでお願いします」

そう言うと紗妃は何事もなかったようにヒールを履き、すたすたと河川敷へ下りていく。我に返った美空は慌てて後を追った。

「今日は本当にありがとうございました」

夕刻、安住家へと帰る道すがら、興奮冷めやらない美空は紗妃に何度目かの礼を言った。

「氷上さんがいなかったら私、まだあそこで指輪を捜していたと思います。何の考えもなく、ひたすら地道に捜索するつもりでしたから」

紗妃の助言をもとに付近を捜してみたところ、意外に早く指輪は見つかった。草の中にキラリと光る銀のリングを発見した時、美空は喜びのあまり紗妃にハイタッチをしに行ったほどだ。もちろんきれいにスルーされたが。

「今回は運が良かっただけです。それに目ぼしい場所で見つからなかった時は、私も地道に捜すしか方法はないと思っていました」

隣を歩く紗妃の口調は、やはりそっけない。突き放されているようにも思えるが、不思議と美空の中で昨日より苦手意識が薄らいでいた。

なぜなら今日一日、紗妃と一緒に行動してわかったことがある。紗妃は美人なのに無愛想、かつ真面目すぎて融通が利かない。もしかするとコミュニケーション能力が著しく低いのかもしれない。

(でも悪い人じゃ、ないよね)

どんな仕事も手を抜かず、真剣に取り組む姿勢は尊敬できる。美人であることを鼻にかけている様子もない。むしろ紗妃の愛想のない言動は、美人であることをプラスではなくマイナス要素に変えてしまう。例えば同じ無愛想でも、十人並みの美空がするより容姿端麗な紗妃がすると、相手に与える視覚的攻撃力が格段に強いからだ。

(だからこそ、もったいない気がする)

歩みを進めながら、美空はちらりと紗妃の横顔を見つめた。わずかでも紗妃が微笑めば、確実に周りの空気も人も変わるはずだ。それも抜群に良い方に。

当然のように会話が盛り上がることもなく、やがて安住家に到着する。いつも通り正門を通り、美空は玄関から中に入った。

「ただいまー」

声を出すと同時、美空は玄関に貴海のものではない男物の靴があることに気づく。見覚えがある靴に来客が誰であるかを察すると、当人が廊下に現れた。

百八十を超える長身に均整のとれた体軀《たいく》。切れ長の目に精悍な顔立ちの彼こそが、貴海の幼馴染である陸箕仁だ。

「おかえり、美空」

「仁ちゃん！」

美空は顔を輝かせた。市内のマンションに一人暮らしをしている仁は、時折安住家を訪れる。仁の意志で夕飯を食べに来たり、貴海に呼び出されて高級手土産を持って来たりと理由は時々で異なるが、美空にとって仁の来訪はいつでも嬉しいものだ。

「いらっしゃい。いつ来たの？」

「少し前だな。とりあえず魔の昼食会は終わった後だ」

心なしか、仁がげんなりした顔をする。ああ、と美空は乾いた笑みを浮かべた。今日の昼から数時間、おそらく晴安寺は料理自慢の女性たちが放つ熱気と火花によって、ある意味パワースポットと化していたに違いない。

「あと氷上も、お疲れ」

「ご無沙汰しております」

声をかけられ、紗妃は仁に向かって丁寧に頭を下げる。やはり表情は一ミリも崩れないが、仁はそんな反応に慣れているようだ。

「ねえ仁ちゃん、もしかして今日来たのは、昨日の兄さんの電話のせい？」

廊下を歩きながら、ふと思い出し美空は小声で尋ねてみる。仁は苦笑した。

「そうだな。なんだか美空も巻き込むことになったみたいで悪い」

「私はいいよ。全然大丈夫」

背後の紗妃を気にしながら、美空は首を振った。そもそも美空を巻き込んだのは、仁ではなく貴海だ。

「それより兄さんは？」

妙に静かな室内に、貴海は不在なのかと美空は首を傾《かし》げる。だが居間のドアを開けた瞬間、ソファで丸まって眠る貴海の姿が視界に飛び込み、美空は頰を引きつらせた。

「……寝てるのね」

「まあ今日のところは、大目に見てやれよ」

美空に続いて居間に足を踏み入れた仁は、テーブル上のタブレットと広がった書類を片付ける。どうやら休日にもかかわらず、仕事をしていたらしい。

「昼食会でかなり疲れたんだろ。自分で呼び出したくせに、オレと話している間に寝落ちしやがった」

言葉のわりに仁に怒っている気配はない。むしろ仕方ないなと諦めたように、貴海の寝顔に目をやる。

「普段は適当だし、ムカつくくらいマイペースだけど、いざって時は気も頭もフル回転させているからな。檀家を相手にする時は、こいつなりに寺とか親父さんのこととか考えて行動しているんだろうし」

美空は無言で頷いた。いくら僧侶ではないといっても、住職の父が失踪するという緊急事態の中、長男の貴海が晴安寺を取り巻く環境と全く無関係でいられるはずがない。好き勝手に生きているように見えて、今まで通りに寺を維持するため、貴海がそれなりに陰で尽力していることを美空は知っている。そしてそんな兄に比べ、自分が無力であることも美空は理解している。

「お前は無駄に気負ったり、落ち込んだりするなよ」

まるで心を読んだように、仁はぽんと美空の頭を叩いた。

「面倒事も厄介事も、押し付けられない限りは貴海に任せとけ。美空は美空の、できることをしてればいいんだからな」

「うん。ありがと」

温かい励ましに、美空はぎゅっと両手を握り締めた。本当に兄妹共々、仁には助けられてばかりだ。

「じゃあこれ食って、元気出せ」

そう言って仁は、美空に紙袋を手渡す。中身を見た美空は目を丸くした。

「これって限定十箱の栗きんとん？　買ってきてくれたの？」

「貴海は一度言い出すと、買ってくるまでうるさいし、しつこいからな。こういうのは早めに手を打つに限るんだよ」

以前に似たような経験があるのか、仁は疲れた笑みを浮かべた。その大人の対応に美空は心の中で手を合わせる。

「兄さんは寝てるから、先に三人で食べよう。氷上さんは仁ちゃんと和室に行ってて下さい」

振り返り、存在を放置しかけた紗妃に美空は声をかける。そして紙袋から箱を取り出すと同時、がばっと貴海が起き上がった。

「僕の栗きんとん……」

寝ぼけているのか目が据《す》わっている。栗きんとんを求め、無表情で視線をさ迷わせる貴海の姿に美空は一種の恐怖を覚えた。なんという視覚的な暴力、そして食い意地の悪さだ。

「お前は眠気か食い気か、どっちかにしろ」

そんな貴海の後頭部を仁は容赦なく叩いた。貴海は低く呻《うめ》いた後、のろのろと顔を上げる。

「痛いなあ、暴力反対」

頬を膨らませつつ、貴海は美空の持つ箱を凝視する。やはり貴海の場合、眠気より食い気が勝るらしい。昼食会で嫌《いや》ってほどごちそうを食べたでしょうに。美空は溜息をつき口を開いた。

「誰も兄さんの分を、取って食べたりしないわよ」

「当たり前だろ？　そんなことをしたら本気で怒る。というか美空に氷上さん、いつの間に、おかえり」

「ただいま、って今更よね」

「ただいま戻りました」

呆れた美空の声に、冷静な紗妃の声が重なる。すっかり目を覚ました貴海は、満足げに手を伸ばす。

「では全員揃ったところで、栗きんとんを」

「わかったわよ。お茶を淹《い》れるから、さっさと和室に行ってて」

仕方なく美空は台所に向かおうとした。それを紗妃に止められる。

「お茶は私が淹れますので」

「え？　いいですって！　氷上さんは座っていて下さい」

「いえ、大丈夫です」

慌てる美空をよそに、紗妃はさっさと台所へ行ってしまう。まさかお茶汲みが自分の役目だとでも思っているのだろうか。

「美空、いいから好きにさせとけ」

紗妃の後姿を見て、仁は肩をすくめる。

「氷上も一度言い出すと、聞かないタイプだからな」

「僕は別に、誰が何をしようとかまわないよ」

貴海は勝手なことを言い、大きく伸びをしながら仁と連れ立って居間を出て行ってしまう。自分が折れるしかないと悟り、美空は台所へ向かった。

「これ、適当に使って下さい。すみません」

湯呑みと急須、お茶の缶を出すと、紗妃は無言で頷いた。後は彼女に任せることにし、美空は栗きんとんを載せた皿を和室へと運ぶ。その途中で、貴海と仁のやりとりが聞こえてきた。

「じゃあ今回の件は、仁に一コ貸しってことで」

「お前な、その貸しを手土産でチャラにしねーのかよ」

「それはそれ、これはこれ。うーん、どうやって貸しを返してもらおうかなあ」

「くそっ、今日のオレの労力と金は無駄になるのか……」

貴海は上機嫌な、対して仁は渋い声を出す。内容が気になりつつ、美空は和室に足を踏み入れた。

「兄さん、また仁ちゃんに我が儘言ってるの？」

「失礼だなあ、言ってないよ。今のはただの正当な要求で、こっちは今日の手土産」

小さく笑いを漏らし、貴海は美空から皿を取り上げた。なんて図々しい。美空はスッと目を細めた。

「お待たせいたしました」

そこで紗妃が和室に入ってきた。手に持った盆には四人分の湯呑みがある。

「どうぞ」

紗妃は正座をし、机に置いた盆から湯呑みを順々に配っていく。無駄のない滑《なめ》らかで美しい所作は、やはりマナーの手本のようだ。

「すみません。ありがとうございます」

ひたすら恐縮していた美空だが、前に湯呑みが置かれると、ふわりと煎茶の良い香りが漂《ただよ》った。

（あれ？　いつものお茶だよね？）

美空はまじまじと湯呑みを見つめた。香りだけでなく、いつもより色も鮮やかだ。

「では改めて、全員揃ったところでいただきます」

待ちかねたように貴海が手を合わせる。この際なので、美空も追随することにした。

栗きんとんの前に、まず煎茶を口にする。そこで美空は目を丸くした。

「なにこれ、美味《おい》しい」

思わず声に出し、美空は湯呑みを覗き込む。その様子に仁が苦笑した。

「氷上の淹れる茶は美味《うま》いんだよ。きっちり淹れ方の基本をマスターして、実践しているからな」

「お茶って、淹れ方があるんですか？」

美空が尋ねると、隣で静かに茶を口にしていた紗妃が頷いた。

「はい。煎茶や玉露など、日本茶の種類ごとに特徴を引き出す淹れ方があります。最適な湯の温度や茶葉が開くまでの抽出時間も異なってきますので」

「知らなかった……」

美空は再び湯呑みを覗き込む。お茶はポットのお湯を入れ、適度に色が出て味がしていればいいと思っていた。同じ茶葉でも、淹れ方でこんなに味が違うなんて。

「氷上さんって、すごいですね」

上手い褒め言葉が見つからず、美空は素直な感想を口にした。

「お茶の淹れ方だけじゃなく、マナー全般は完璧って感じがします。やっぱり大手企業で働くには、そういうのも必要不可欠なんですか？」

「そうですね」

一旦湯呑みを置き、紗妃は視線を落とした。

「商談相手の接客の際などに必要となりますし。けれど職場にいる同僚は皆、社会人として最低限のマナーは習得しています。私だけが特別に優れているわけではありません」

冷静すぎる返答に、美空は口をつぐんだ。どうも紗妃は自分に厳しいというか、自己評価が低い気がする。

「そんなことはないんじゃないかな」

代わりに栗きんとんを堪能していた貴海が、さらりと口を挟んだ。

「同じ法文を習えども、心に随《したが》ってその益不同なり。たとえ同じことを習っても、それを受け取る側の心しだいで効果は変わってくるんだよ」

湯呑みを手にし、貴海は紗妃を見た。

「マナーを習得していても、それを実践する意志がなければ意味がない。氷上さんの場合、そういう意志が他の人に比べて優れているみたいだから、自然と所作も特化されているんだと思うけど？」

貴海の視線を受け、紗妃は何も言わない。貴海はにこりと笑った。

「反論は？」

「……ありません」

詰めていた息を吐き出すように、紗妃は答えた。やりとりを見守っていた仁が、小さく息をつく。

「それと美空の褒め言葉は、基本的に信じて大丈夫だよ。単細胞だから思ったことがそのまま口に出るし、お世辞や嘘はすぐにわかるしね」

「ちょっとそれ、どういう意味よ」

むっとして美空は眉を寄せる。貴海は笑いを漏らした。

「そのままの意味だよ。とりあえず美空、栗きんとんを食べてみな」

なんだか納得できないが、言われるままに美空は栗きんとんを口にする。とたんに広がる栗の風味と甘みに美空は頰を押さえた。

「なにこれ、めちゃめちゃ美味しい！」

「ほらね」

くすくすと笑いながら、貴海は紗妃に同意を求める。仁が堪《こら》えきれないように肩を震わせ、美空は恥ずかしくて真っ赤になった。

「だって本当に美味しいんだもん。仕方ないでしょ？」

「はい。大変参考になりました」

あたふたと言葉を紡ぐ美空を横目に、紗妃は小さく切った栗きんとんを優雅な仕草で口に運んだ。

3

身体《からだ》に染みついた習慣とは恐ろしいものだ。

ホームルームが終わり、解放感に満ち溢《あふ》れる教室。鞄《かばん》を摑《つか》んで走り出そうとした美空は、ふとその必要はないのだと思い直した。

(今日も何も、ないものね)

週が明けた木曜日、便利屋の仕事がないことを確認すること今日で四日目。真っ白なスケジュールを思い浮かべる美空の横を、スポーツバッグを持った男子生徒が脇目も振らず駆け抜けていく。

「よっしゃ！　やっと部活っ」

彼にとって学校は授業が前座で、部活が本番なのだろう。テニス部に所属する彼が授業中に起きている姿を目にすることはあまりない。

教室から我先にと出ていくクラスメートたちの波に押され、美空も廊下に排出された。美空の通うF高校は部活動が強制ではないため、美空は帰宅部である。

「じゃあ今日、どっか寄ってく？」

「いいよー、どこ行こっか」

　賑わう廊下を一人、美空はすたすたと進む。足を止める理由も、誰かに歩調を合わせる必要もない。高校に入って半年強、一緒に寄り道をする友達どころか、下校する相手すらいないのだから仕方がない。

（やっぱり最初が肝心だったかな）

　生徒たちとすれ違いながら、今更なことを思ってみる。入学式が終わり、新しいクラスに行ってみれば、すでにいくつかの女子グループが出来上がっていた。同中だったり、席が近かったり、フィーリングだったりと理由は様々だが、どのクラスメートたちも集団に属そうと必死だった気がする。

　だが少し特殊な中学生活を送ってきた美空は、その重要性が理解できず、見事に集団に入り損ねた。結果未だにマイペースに、お独り様学校生活を送っているのだ。

（まあ別に、学校だけが全てじゃないし）

　そんな風に思えるのは、たぶん貴海の便利屋稼業を手伝っているからだ。そして便利屋の依頼を通し、美空の交友関係が少しずつだが確実に広がっているためだろう。

　階段を下り、昇降口に出たところで、鞄の中で携帯が鳴っていることに美空は気づいた。取り出してみればメールが届いている。送信者は長谷都乃《はせみやの》。美空が中学時代から何かと世話になっている女性だ。

〈今日は忙しい？　時間があるなら会って渡したいものがあるんだけど〉

文面を見たとたん口元が綻《ほころ》んだ。暇な時に予想外の誘いほど嬉しいものはない。

〈時間はあります。大丈夫です〉

即座に返信し、美空は昇降口を後にする。さっきまでとは違い、前へと踏み出す足は軽やかだった。


その後、美空は指定された近所のファミレスに寄った。

店内に入ると、窓際の席に座った都乃が手を振る。向かいの席に座り、美空は一息ついた。

「ごめんなさい。お待たせしました」

「別にいいのよ。私、暇だし」

都乃は楽しそうに微笑む。暇ではなく、幸せなんだろうと美空はうらやましくなった。

都乃の横に置かれているのは、彼女のお気に入りブランド店の紙袋と、野菜などの食材がのぞくエコバッグ。長い髪を緩やかにまとめ、化粧も服装も派手ではないが、都乃は相変わらず美人だ。二十代前半にも見えるアラサーの彼女は、順風満帆な専業主婦生活を送っているに違いない。

「じゃあこれ、おすそ分け」

美空が注文を終えると、都乃はエコバッグの中からビニール袋を取り出す。中に入っているのは橙色《だいだいいろ》のミカンだ。美空はぱっと顔を輝かせた。

「美味しそう！　ありがとうございます」

「いいえ。旦那の実家から送ってきたんだけど、二人で食べきれる量じゃなくて困ってたの。もらってもらえて、こっちも助かるわ」

都乃は柔らかく微笑む。数日前まで紗妃の凍りつく美貌ばかり目にしていたため、心が融解され癒されるようだ。

「どうしたの？　美空ちゃん」

都乃に眼前で手を振られ、美空は我に返った。無意識に都乃の顔を凝視していたらしい。

「すみません。実はちょっと、いろいろありまして……」

店員がジュースを持ってきたのを確認してから、美空は紗妃の一件を都乃に話した。

「なるほど。全てにおいて完璧な、笑わない美人か。なかなかの強敵ね」

「強敵って、氷上さんは敵じゃないですよ」

むしろ同じ便利屋の仕事仲間だ。ただ美空のなけなしのコミュニケーション能力を駆使しても、なかなか紗妃の造る氷の壁は突破できないのだが。

「でもその氷上さんがいるから、美空ちゃんは時間が空《あ》いているのね」

都乃の指摘は鋭い。美空はこくりと頷いた。

平日は学校があるため、美空が便利屋の仕事をできる時間は限られてくる。平日の夕方から夜にかけてと、休日の土曜日曜だ。

そして時間が限られるが故に、できる仕事も限られてくる。依頼人の都合、仕事に要する時間など、条件が合わない場合は美空に仕事が回ってくることはない。もちろんその辺の調整は貴海のさじ加減によるのだが、学校生活に影響のない範囲で事は済むようになっている。

そのため平日、美空のするべき便利屋の仕事が一切ない時もある。だがそういう時はしわ寄せのように、土日に仕事が集中していたりする。基本的に貴海に、美空に楽をさせようという概念はないのだろう。

しかし紗妃が便利屋に来て状況が一変した。貴海の話を聞く限り、美空が学校に行っている間、紗妃と二人で仕事をこなしているらしい。依頼が少ないのか、二人で片付いているのか。前者なら困りものだが、後者なら喜ばしく思うべきなのだろう。

そもそも便利屋は貴海の仕事で、アルバイト扱いされようと美空の本分は学生だ。学校以外の空いた時間をどう使うかは、本来なら美空の自由なのだから。

「美空ちゃん」

都乃に名を呼ばれ、美空は顔を上げた。

「もしも、の話だけど。氷上さんが今の会社を辞めて、このまま便利屋で働くって言ったらどうするの？」

突然の仮定話に、美空は瞬きをした。

「ええっと、それはないと思います」

「あら、どうして？」

「だって氷上さん、仁ちゃんと同じ会社に勤めている才女なんですよ？　頭もいいし、美人だし、性格はちょっと……あれですけど、うちの便利屋に就職なんてもったいない。宝の持ち腐れです」

「でもそれを言うなら、貴海くんだって有名大学を出て、一時は大手企業にいたでしょう？　頭脳明晰、容姿端麗。男女の差はあるけれど、条件的には一緒じゃない？」

言われてみればそうだ。美空は一瞬、言葉に詰まる。

「でもやっぱり、それはないと思います」

少し考えてから、美空は曖昧な感覚を言葉にするため口を開いた。

「上手く言えないんですけど、兄さんにとって便利屋って仕事は、ある種の『答え』な気がするんです。でも氷上さんにとってはその『答え』を見つけるためのヒントというか、通過点というか……」

「あら、そうなると氷上さんは貴海くんじゃなく、美空ちゃんよりなのね」

何やら納得したように都乃は頷く。対して自分と紗妃の類似点が見つからず、美空は首をひねった。

「じゃあやっぱり氷上さんは強敵じゃない。美空ちゃん、負けないようにがんばらないと」

「だから氷上さんは敵じゃないんですってば」

笑顔で拳を突き出す都乃に、美空は唇を尖《とが》らせた。

「なんだか都乃さん、楽しんでいません？」

「ふふ、わかっちゃった？」

悪びれる様子もなく、都乃は笑う。

「だって美空ちゃん、便利屋の仕事を手伝うようになってから生き生きしてるもの。手のかかる中学時代を知っている私としては、喜ばしい限りなのよ」

耳の痛い話題に美空は顔を引きつらせる。だが都乃の目を見れば、それが彼女なりの叱《しっ》咤《た》激励なのだとわかった。

「ええっと、じゃあその、できる限りがんばります」

亡くなった母とは違う、けれど温かく優しい大人の眼差し。結婚退職をする以前、警察官だった都乃には本当に世話になったことを美空は思い出す。

「ので、今後もよろしくお願いします」

ぺこりと美空が頭を下げると、都乃は微笑んだ。

「もちろん。それに私はいつでも美空ちゃんの味方だからね」

無条件のエールに胸が温かくなる。はいと素直に美空は頷いた。

＊

数日間貴海と一緒に行動をして、紗妃にはわかったことがある。貴海は予想外に幅広い交友関係を保持していて、それなりに人望も厚いらしいということだ。

美空と仕事をした土日の様子から、便利屋の利用者は檀家を始めとする寺繋《つな》がりの人間がほとんどなのだと思っていた。だが実際に蓋《ふた》を開けてみれば、依頼人は貴海の個人的な知り合いが意外に多い。しかもそういう相手から持ち込まれる依頼は一癖あるというか、特殊なものが目につく。

例えば老舗料理店の新作メニューを試食して批評する。あるいは入院中の小学生の見舞いに行き、手術を受けるよう説得する。さらには有名ブランド店の衣服を身に着け、歩く広告塔となり街中を闊歩する。それから不運続きだと嘆く相手に、祈禱《きとう》とお祓《はら》いの真似事《まねごと》をする。

便利屋とは何でも屋だ。依頼があれば何でもする職業だ。そこで美空一人に回されるのが「日常的な、誰にでもできる」仕事だと言うのなら、貴海が請け負うのは「個性的な、貴海にしかできない」仕事だと言えるかもしれない。

つまり依頼人たちは貴海が便利屋だからではなく、便利屋をしているのが貴海だから仕事を頼んでいるのだろう。そこにあるのは良好な人間関係と、確固たる信頼だ。

（どちらも、私には縁のないもの）

控室として借りたショッピングモールの一室で、ぼんやりと紗妃は窓の外の空を見つめていた。青から茜《あかね》へと変わりゆく空に、なぜか時の推移を強く感じた。

「その格好でたそがれてると、けっこうシュールだね」

声がした方に紗妃は顔を向けた。見ればドアを背に、首から下が着ぐるみの貴海がペットボトルを持って立っている。

「社長こそ、オオカミの生首を持っている姿はシュールです」

「うん。じゃあお互い様ということで」

貴海は紗妃が座っていた長イスの隣に腰を下ろす。ペットボトルを差し出され、紗妃も被《かぶ》っていたヒツジの頭を取った。開いた窓から入り込む風が髪を撫《な》で、一気に視界が開ける。頭を膝に置き、再び紗妃は空を見つめた。だが目に映る景色は何も変わりはなかった。

「氷上さん、どれくらい終わった？」

「半分くらいです」

ペットボトルを受け取り、紗妃は試供品の入ったカゴを見せた。今日の仕事は着ぐるみ姿で、某お菓子メーカーの試供品を配ることだ。ちなみにオオカミとヒツジはメーカーのキャラクターで、「一緒に食べれば誰でも仲良し」がコンセプトらしい。

「ふうん、僕はだいたい終わったよ」

愛嬌のあるオオカミの顔を紗妃に向け、どこか得意げに貴海は言う。

「まあ氷上さんは着ぐるみ初心者だからね。経験者の僕にはまだ勝てないかな」

そうですねと紗妃は応じた。別に羨《うらや》ましくもないし、悔《くや》しくもない。

「では氷上さんには特別に、着ぐるみの極意を伝授しよう」

「いえ、必要」

「まず着ぐるみの利点は何だと思う？」

ありませんと断る前に、質問を被せられてしまった。仕方なく紗妃は答えを探す。

「目立つこと、でしょうか」

「正解。着ぐるみでいると、とにかく目立つよね」

くるくると貴海はオオカミの頭を回す。彼の場合は着ぐるみでいなくても十分目立つのだが、反論すると話が長くなりそうなので、あえて紗妃は口をつぐんだ。

「では逆に、着ぐるみの難点は何だと思う？」

今度はすぐに答えが見つからなかった。紗妃が黙っていると、ペットボトルの中身を飲み、貴海は口元を拭《ぬぐ》う。

「はい、時間切れ。着ぐるみの難点は、中身がなければただのモノと一緒ってことだよ」

つぶらな瞳が愛らしいオオカミの頭をポンポンと叩き、貴海は続ける。

「どんなに見た目がインパクトのある着ぐるみでも、中が空《から》で置いてあるだけなら、ただのモノでしかない。たとえ中に人が入っていたとしても、何も動かず、ただそこにいるだけなら、それもまたモノと同じだね」

貴海は話しながら、今度はオオカミの頭をぐりぐりと撫で始める。意外に手触りが気に入っているなと、紗妃は冷静に分析した。

「つまり着ぐるみに入った時に重要なのは、どのように動いてみせるか。変わらない表情、声が出せない状況で、相手と意志を疎通させるには動きしかないからね」

「要するに」

紗妃は口を開いた。

「社長がおっしゃりたいのは、着ぐるみに入った私の動きに問題があると」

「簡単に言うと、そうかな」

オオカミの頭から手を放し、貴海はペットボトルの中身を飲み干した。

「規矩《きく》、行い尽くすべからず。規則やマニュアルは大切だけど、それを守ることに縛られすぎると自分らしさがなくなるよ。氷上さんの動きは、ある意味とても着ぐるみらしいと思う。でもそれは一般的で、裏を返せば面白みも意外性も、オリジナリティも何もない」

貴海は空になったペットボトルを放った。それはきれいな放物線を描き、ごみ箱へと収まる。

「とにかく氷上さんの好きなように、自由にやってみることだよ」

柔らかく告げ、貴海は立ち上がった。

「着ぐるみは一見、見た目が全てだと思われがちだけどさ。目立つ外見に個性的な中身が合わさってこそ、最大限の魅力を発揮するからね」

そう告げると貴海はオオカミの頭を被り、すたすたと歩いて行ってしまう。短い休憩を取るよりも、さっさと仕事を片付ける気だろうか。

「できる限り努力します」

その背に向かい、紗妃は言葉を投げた。上げられた両手がＯＫマークを作ろうとするが、大きな頭に阻《はば》まれ、万歳の形で終了する。

一人取り残され、紗妃は膝の上のヒツジを見つめた。変わらない表情。作られた笑顔。今の自分と同じ、意志を持たない造形物。

「できる限り……努力します」

白いモコモコの頬に手を当てる。人工的な笑顔が、わずかに歪《ゆが》んで見えた。

＊

都乃と別れた後、美空は自宅には帰らず二つ離れた駅に降り立った。それもこれも貴海から「緊急事態発生。至急現場へ直行」というメールが届いたためだ。

(何なのよ、緊急事態って……っ)

指定されたショッピングモール内を美空は足早に進む。貴海、もしくは紗妃に何かトラブルがあったのか。それとも依頼が上手くいかなかったのか。

ショッピングモールは平日だが夕方のためか、それなりに混み合っていた。行き交う人々の間を縫い、美空はエスカレーターを一段飛ばしで三階まで上がる。そして連なる店を横目に通路を奥へとずんずん進み、やがて「関係者以外立ち入り禁止」のプレートの掛かったドアの前で立ち止まった。

メールによれば、貴海と紗妃は中にいるはずだ。思い切ってノックをしようと美空が右手を上げた時、タイミングよくドアが開く。ぴょこんと顔を覗《のぞ》かせたのは着ぐるみのオオカミで、予想外の出来事に美空はとっさに後ろに仰け反った。

(なんでオオカミ？　というか着ぐるみ？)

もしかして部屋を間違えた？　狼狽える美空をオオカミは無言でじっと見つめてくる。妙な緊張感と沈黙の中、やがて美空はオオカミが自分ではなく、持っているミカン入りの袋を凝視していることに気がついた。

「……もしかして兄さん？」

慣れ親しんだ行為と着ぐるみから漂う食い気に、美空は呆れて口を開く。オオカミは両手を上げて驚いたポーズを取ってから、滑るように通路へ出た。

「さすが美空、よく僕だってわかったね」

後ろ手にドアを閉めると、すぐにオオカミの頭が外される。中から現れた貴海の顔に美空は肩を落とした。食い意地の悪さが判断の決め手になるとは、正直情けない。

「だいたい何で着ぐるみなわけ？　今日の依頼は試供品配りじゃないの？」

「だからこの格好で試供品を配るのが、今日の仕事」

貴海はオオカミの頭をぐりぐりと撫でる。少し冷静になった美空は、そこで重大なことを思い出した。

「それより緊急事態って」

美空が詰め寄ると同時、オオカミの手が口元に押し当てられる。息苦しさに呻《うめ》く美空を気にすることなく、貴海はドアを数センチ開けた。

「まずは騒がず慌てず状況確認だね」

隙間から中を覗くと、モフモフの白いヒツジの着ぐるみが長イスに座っているのが見えた。オオカミの手を振り払い、美空は小声で尋ねる。

「まさかあれ、氷上さん？」

「うん。正解」

あっさり貴海に頷かれ、美空は顔を引きつらせた。いくら仕事とはいえ、美人の才女に何をさせているのだ。

「じゃあ氷上さんに何か……」

言葉の途中で、美空はヒツジの陰に幼稚園の制服を着た女の子がいることに気づいた。女の子は不安げな表情をしたまま、左手でヒツジの尻尾《しっぽ》を握り締めている。

「ひょっとして、あの子は迷子？」

「どうも買い物の最中に母親とはぐれたらしくて、気づいたら氷上さんの後をくっついて来ていたんだよ。館内放送はしてもらったし、後は母親が来るのを待つだけなんだけど、氷上さんから離そうとすると大泣きしちゃうからさ。あの状態で待っているわけなんだけど」

空いている右手でパタパタと自身を扇ぎながら、貴海は軽く息をついた。

「この格好も楽じゃないし、とっくに試供品配りの依頼は完遂しているからね。できるだけ早く氷上さんを解放してあげたいだろ？」

「そのためにあの子を、氷上さんから引き離せと」

緊急事態の内容を理解し、美空は口を尖らせた。

「だったら私を呼ぶより、兄さんが着ぐるみを脱いで、あの子のところに行けばいいだけじゃない。それとも何？　ヒツジに勝つ自信がないわけ？」

「勝ち負けの問題じゃないよ。僕は今から依頼人に仕事終了の報告をしなくちゃいけないし。そもそも自分だけ楽ができると思ったら大間違いだね」

笑いを含んだ言葉と同時に貴海に背を押され、油断していた美空は前のめりで部屋の中に足を踏み入れてしまう。無情にも背後でドアが閉まり、向けられるヒツジと女の子の視線に、美空は退路がないことを悟った。

「ええっと、こんにちはー」

引きつる笑顔を保ちつつ、美空はヒツジに近づいた。無言のヒツジに対し、女の子は目が合うと怯《おび》えたように美空から顔を隠す。十人並みかつ人畜無害な平凡さを売りにしている美空としては、多少傷つく行為だ。

だがここでめげてはいけない。気を取り直し、美空は女の子を観察した。藍色の幼稚園の制服には、ひらがなで書かれたピンクの名札がついている。

「オオノ、マナちゃん?」

名前を呼ぶと、おずおずと女の子は美空に顔を向けた。ただし身体はじりじりと後退し、ほとんどヒツジにくっついている。

「あのね、ヒツジさんはお家《うち》に帰らないといけないの。だからヒツジさんとバイバイして、代わりに私と一緒にママが来るまで待ってようね」

マナの前にしゃがみ込み、美空は右手を差し出した。するとマナはこの世の終わりのような顔で首を振る。その眼にみるみるうちに涙が溜まるのを確認し、美空は心の中で悲鳴を上げた。迷子になって心細いのか、よほどヒツジが気に入ったのか。どちらにしろ無理《むり》強《じ》いはできそうにない。

（すみません、氷上さん）

謝罪の念を込め、美空はヒツジに向かって小さく頭を下げた。着ぐるみ姿で試供品を配るだけでも大変だったろうに、その後もまだ中にい続けなければならないとは。

自身の不甲斐なさに美空が落ち込むと、空気の重たさを感じ取ったのか、マナがくすんと鼻を鳴らした。そのまま泣き出されるかと身構えた美空だったが、マナの両目から涙が零《こぼ》れるより先にヒツジが動いた。

ヒツジはマナの頭をなでなでしてから、幼い右手に握られている試供品の袋を指さす。そして両手を差し出し、可愛らしく首を傾げてみせた。

「……これ、欲しいの？」

ヒツジがおねだりしていると気づき、マナは袋を持ち上げた。ヒツジは頷き、一本指を立てる。どうやら中の菓子が一つ欲しいらしい。

「はい、どおぞ」

袋を開け、マナが取り出したのは動物ビスケットだった。ヒツジはそれを口元に持っていき、食べたふりをすると両頬を押さえた。言葉はなくても美味しさと嬉しさの伝わる完璧な仕草だ。

（氷上さん、すごすぎる）

意外な紗妃の才能に美空が目を見張る中、次にヒツジはマナにビスケットを食べるよう促す。ヒツジの行動に触発されたのか、勧められるままマナはビスケットを口に運んだ。

「……おいしい」

強張《こわば》っていたマナの表情がわずかに和らぐ。それを見たヒツジは万歳をし、マナをきゅっと抱き締めた。そしてマナとヒツジ、さらに試供品の袋を指さし、ぱちぱちと拍手をする。

（これは一体……）

声を発することのできない紗妃の意図を汲み取ろうと、美空は頭を働かせる。答えはマナの手にある試供品の袋を見て閃《ひらめ》いた。

「一緒に食べれば誰でも仲良し！」

ヒツジの仕草の意味を理解し、美空はぱんと両手を打ち鳴らす。これは菓子メーカーのコンセプトを利用したメッセージだ。

「マナちゃん、ヒツジさんと一緒にお菓子を食べたでしょ？　だから二人は仲良しに、お友達になったんだよ！」

「おともだち……」

美空が興奮気味に語ると、ヒツジは大きく頷き、マナははにかみながらつぶやいた。コンセプトを知っているかは謎だが、純粋に友達という単語が嬉しいのだろう。先までの不安げな表情が嘘のように消え、幼い顔に可愛らしい笑みが広がっていく。

その時、タイミングよくドアがノックされた。美空が短く応じると、ショッピングモールの係員らしき若い男性と、青白い顔の女性が現れた。

「ママ！」

女性を見ると、マナは顔を輝かせる。女性はマナに駆け寄った。

「ごめんね、茉菜《まな》。急な電話に気を取られて、ママってば茉菜がいなくなったことがわからなかったの」

「ううん。マナも勝手にどっかに行って、ごめんなさい」

無事に再会した母子に美空は安堵する。同時に柔らかそうな白いセーターを着ている母親の姿に、なぜ迷子になったマナがヒツジから離れなかったのかわかった気がした。

「娘がご迷惑をおかけしました。ありがとうございました」

マナの傍《かたわ》らに立った母親は、ヒツジと美空に向かって頭を下げる。ヒツジに代わり、美空は大丈夫ですと返した。

「ヒツジさん、ありがと」

ぺこりとおじぎをしてから、マナはひらひらと手を振る。ヒツジも両手を振り返した。

するとマナは何かに気づいたような顔をし、美空へと向き直る。

「お姉ちゃんも、ありがと。これ、あげる」

差し出された試供品の菓子の袋。描かれたヒツジとオオカミのイラストに、ポップなコンセプトメッセージを見て、美空は自然と笑ってしまう。

「ありがとう」

袋を受け取ると、マナは母親と手を繋ぎ、もう一度手を振って部屋から出て行った。続いて頭を下げ、係員の男性も場を後にする。ドアが閉まる音を聞くと、美空は一気に脱力した。

「お疲れさまでした」

ふいに聞こえた冷静な声に、美空は我に返る。いつの間にかヒツジの頭を取った紗妃が姿勢よく立っていた。

「氷上さん、大丈夫ですか？」

「問題ありません」

紗妃の口調も表情も冷静そのもので、崩れることはない。だが頬はわずかに紅潮し、着ぐるみの暑さと疲れを物語っていた。

「すいません。私、役に立たなくて」

自己嫌悪は後回しにし、美空は置いてあったペットボトルを紗妃に手渡す。長イスに座り水分補給をした紗妃は、そっとヒツジの頭に手を置いた。

「そんなことありません。私の意図をあの子に伝えてくれました。あの子の笑顔が見られて、着ぐるみでいて良かったと思います」

相変わらず紗妃は淡々と話す。でもだからこそ、それが紗妃の飾りのない本心なのだとわかった。マナからもらった試供品の袋を美空は握り締める。

「氷上さんだから、マナちゃんを笑顔にできたんです」

紗妃がどんな仕事でも手を抜かず、真剣に取り組むのは知っていた。だがこれは仕事ではない。それに真面目さや義務感から取れる行動でもない。無表情な美貌とは裏腹に、紗妃は温かく優しい人なのだ。

「ヒツジじゃなくて、氷上さんの行動が、マナちゃんを笑顔にしたんです」

感動と敬意を伝えるため、美空は熱く語る。紗妃は横目で美空をちらりと見てから、そうですかと小さくつぶやいた。

「申し訳ありません。そろそろ着替えたいのですが」

「あ！　すみません！」

紗妃の冷静な要求に、あたふたと美空は部屋から出ようとした。ドアノブに手をかけた時、その背に声がかかる。

「ありがとうございました」

理由のわからない礼に美空が振り返ると、首から下が着ぐるみのままの紗妃と目が合った。

「私のことを気遣って、あの子を離そうとしてくれたんですよね」

「はい。でもその、けっきょく上手くいかなくて……」

「お気持ちだけで充分です」

それだけ告げると、紗妃は後ろを向いてしまう。着替えを邪魔しないため、美空は慌てて部屋から出た。

閉めたドアに寄りかかり、美空はクリーム色の天井を見上げる。先まで感じていた不甲斐なさも無力感も、今ではきれいに消えていた。

（言葉は、偉大だ）

悟ったような気分で、手に持った試供品の袋からビスケットを一つ取り出す。奇《く》しくも出てきたオオカミのビスケットに貴海の姿が重なり、美空は苦笑した。

「一緒に食べれば誰でも仲良し、か」

残りは紗妃と一緒に食べよう。そう心に決め、美空は微笑みながらビスケットを口にした。

4

紗妃が便利屋で働き始めて、二回目の土曜日がやってきた。

その日はやたらに依頼が多く、平日に楽をした分を取り返せと言わんばかりに美空は貴海から仕事を押し付けられた。結果、美空は朝から紗妃と一緒に檀家巡りをするはめになった。というのも回された仕事の依頼人が全て、檀家の女性陣だったからである。

ちなみに貴海は別件があると言って、そそくさと出かけて行ってしまった。要するに面倒事から逃げたのだろう。

「すみません。また今日一日、よろしくお願いします」

一件目の檀家宅へ向かう途中、美空はぺこりと頭を下げた。こちらこそと、相変わらずの無表情で紗妃は応じる。

「ええっと、今週一週間、兄さんと一緒でどうでした？」

前回一緒に仕事をしてから今日まで、美空が紗妃と顔を合わせたのはショッピングモールでの一回きりだ。あの後はけっきょく着ぐるみの返却などで慌ただしく、話をする余裕も時間もなかった。ちなみに貴海に聞いても「問題ないよ」としか言わないので、信ぴょう性がまるでない。

「特に問題ありません」

こっちも同じ答えかと美空は落胆する。だがここでめげてはいけない。

「今後を決めるに当たって、何か参考になりそうですか？」

「わかりません。ただ一つ、社長は意外に人脈が広いことはわかりました」

どうやら紗妃は便利屋の依頼を通し、貴海の知り合いに何人か会ったらしい。

「私も詳しくは知らないんですけれど、兄さんは一人暮らしをしていた時、転職だけじゃなく引っ越しも多かったらしいんです。それでそのたびに知り合いを作って、その知り合いの知り合いとまた知り合いになって……って、延々と人間関係を広げているって、仁ちゃんが言っていました」

「いわゆる『ねずみ講』というやつですね」

「まあ……詐欺ではないんですけど」

ある意味詐欺かもしれないと、美空は苦笑した。

「あ！　でもだからと言って、別に転職をお勧めしているわけではないですよ」

「わかっています。それに私に社長のような生き方ができるとは思いません」

いつもは毅然とした横顔が、どこか心許《こころもと》なく見えた。慌てて美空は言葉を紡ぐ。

「氷上さんには氷上さんに合った、生き方があると思います。そもそも兄さんは個性的すぎるので、その生き方を真似しても意味がないというか、無理があるというか……」

「そうですね」

あっさりした相槌に美空ははっとした。

「すみませんっ。なんだか偉そうなことを言いました！」

「いえ、かまいません」

紗妃は緩やかに首を振った。

「あなたの言葉には裏表がないので、意見は参考にさせていただきます」

美空はぱちりと瞬きをした。紗妃の表情は変わらない。声もそのままだ。ただ紗妃の造る絶対強固の氷の壁が、わずかに溶けた気がした。

「氷上さんっ」

嬉しさを押し殺し、美空は声を上げる。

「今日一日がんばって、兄さんをぎゃふんと言わせましょう！」

美空の力強い視線を受け、紗妃は逡巡するように口を開いた。

「心意気は買いますが、残念ながら今の世の中、『ぎゃふん』と言う人はいないと思います」

思えば最初から違和感はあった。

一件目の依頼は、動かなくなってしまったデスクトップパソコンの修理だった。説明書を見て美空の頭はショートしかけたが、紗妃は冷静に「初期化するしかないですね」と告げ、黙々と作業を続けた。その間、依頼人はタブレットや携帯でネットやラインを楽しんでおり、美空は使いそうにないパソコンを修理する必要はあるのだろうかと首をひねった。さらに修理が済んだ後、依頼人が感謝するどころか、どこか苦々しい表情さえ浮かべたのも気になった。

二件目の依頼は買い物代行。依頼自体はよくあるものだが、今回は紗妃が一人で買い物に行くことになった。というのも依頼人が「未成年の美空ちゃんには、ちょっとねえ」と含みのある言い方をしたせいで、美空は依頼人宅で待機することになったのである。最終的に紗妃が何を買ってくるよう依頼されたかは不明で、紗妃も「個人のプライバシーに当たりますので」と一切語ることはなかったが、察するに女性が一人で買うには恥ずかしい、もしくは抵抗のあるものだろう。

三件目の依頼は水回りの掃除。これは普通だと思ったのも束の間、依頼人は突如、急用があるので外出している夫を呼び戻してきて欲しいと言い出した。しかも夫は競馬場にいて、なぜか携帯がつながらないらしい。これまた未成年という理由で美空は待機となり、紗妃が競馬場へ向かった。若い女性が、しかも紗妃のような美人が一人で行くと、かなり浮いた存在になる場所だ。実際、紗妃に連れられて帰宅した夫は迷子のような、訳がわからない表情をしていた。

ここまでくるとさすがに、鈍いと言われる美空も薄々勘づき始めた。これは依頼にかこつけた、紗妃に対する嫌がらせではないだろうか。

美空の疑念が確証に変わったのは、四件目の依頼で原岡宅を訪れた際だった。

「いらっしゃい」

二人を迎えたのは原岡家の嫁こと、原岡黎子だ。

「今日は草取りをお願いしたいの。お義母《かあ》さんが留守の間に、ちゃちゃっとね」

そう言う黎子に連れられてきたのは、近くにある空き地だった。名前も知らない様々な種類の雑草が生命力を誇示するようにビッシリと生い茂っている。

「ここって空き地ですよね？　別に私有地とかではなく」

美空が尋ねると、黎子は頷いた。

「ええ。でもここが野ざらしになっているせいで、最近野良猫のたまり場になって困るのよ。だからこの際、きれいにしてもらおうと思って」

はあ、と美空はつぶやいた。いくら近所といえども、今まで放っておいた私有地でもない空き地を、わざわざお金を払ってまで手入れするだろうか。

「じゃあよろしくお願いしますね。それと美空ちゃんには別件の用事があるから」

黎子は紗妃に念を押すように言うと、家へと向かって歩いて行ってしまう。紗妃に無言で促され、仕方なく美空は後を追った。

「あの、別件って何でしょうか」

背後の紗妃を気にしながら美空は尋ねた。それほど広くはない空き地だが、あれだけの草を一人で抜くには無理がある。

「できればまず、向こうを終わらせてから」

「美空ちゃん」

道路の途中で立ち止まり、黎子は腕を組んだ。

「正直なところ、あの人どうなの？」

「どう、とは？」

「美空ちゃんのいない時に、家に入り込んでいるわけでしょう？　そういうの、嫌だったりしないの？」

黎子の問いかけに美空は首をひねった。

「私は特に。氷上さんの場合、便利屋の仕事をするために職場に来ているだけですから」

「そうかもしれないけど、やっぱりねえ」

眉をひそめる黎子は一向に折れる気配がない。

「そもそもあの人、どうして便利屋で働くことになったの？　まだ若いし美人だし、仕事なんて他にいくらでもあるでしょう」

そのへんの理由はあるようでないので、美空としても何とも言えない。

「ほらやっぱり、だから悪い噂がたつのよ」

美空の反論がないことに勝ち誇り、黎子は続ける。

「仕事を口実に家に入り込んで、カミくんの押しかけ女房気取りだって」

その瞬間、美空の中で何かが弾けた。

「それで今度は皆さんが、仕事を口実に氷上さんに嫌がらせをしているんですか？」

黎子の頰がひくりと引きつる。寺や檀家への気遣いはすっかり頭から抜け、気づけば美空は思ったままを口にしていた。

「三並《みなみ》さんに本村《もとむら》さん、それから上田《うえだ》さん、皆さん、黎子さんと仲良しですもんね」

今日一日の依頼人の名を次々と告げる。もちろん彼女たちの間にあるのは、純粋な友情ではない。貴海に近づく邪魔者を排除したいという共通の目的だけだ。

「もちろん私が今言ったことは推測でしかありません。でもただ一つ確かなことは、皆さんが便利屋の仕事を軽く見ているってことです。だってもし皆さんが便利屋の仕事に敬意を持ってくれているなら、氷上さんが便利屋で働く理由を邪推したり、依頼を利用して嫌がらせをしたりしないはずです。違いますか？」

大股で一歩美空が踏み出すと、黎子は一歩後ろに下がる。特に反論がないことを確認し、美空は姿勢を正した。

「じゃあ私、氷上さんを手伝ってきますので」

ぺこりと頭を下げ、美空は踵を返す。黎子の止める声も、追ってくる気配もない。

空き地に戻ると丈《たけ》の高い草に囲まれた紗妃がいた。黙々と一人、作業に没頭している。

「すみません、手伝います」

美空を見ると、紗妃はわずかに眉を寄せた。

「どうして戻ってきたんですか」

「え？　だってもともと私のする別件なんてないんです。だからこっちを手伝います」

「いえ、必要ありません」

隣にしゃがもうとする美空を、紗妃は手で制した。

「あなたは余計なことはせず、依頼人の言うとおりにして下さい」

「余計なことって」

怒るべきか落ち込むべきかわからず、美空は唸《うな》った。

「確かに私は役に立たないかもしれません。でも氷上さん一人でするよりは」

「そういうことを言っているのではありません」

作業する手は止めず、紗妃は言った。

「依頼人は檀家の方で、しかも社長に好意を抱いているのでしょう？　そういう方々に自分がどう見られているのか、私は理解しています」

美空は目を見開いた。思えば紗妃は石田宅へ行った初日から、貴海とは特別な関係でないと公言していた。あれは檀家の女性陣に対する紗妃なりの牽制だったということか。

「私は自分の目的のために、便利屋で働かせてもらっています。そのせいで社長やあなた、それにご実家のお寺に迷惑をかけるつもりはありません」

「だから氷上さん一人が、我慢するって言うんですか？」

紗妃の本心を理解し、美空は手を握り締めた。

「兄さんと私、それからうちのお寺の立場を悪くしないために、檀家の人たちの嫌がらせに耐えるって言うんですか？」

紗妃は何も言わない。無言の肯定に、美空は大きく息をついた。

（本当に、もう）

紗妃は真面目で頑固、そして何でも器用にこなす才女なのに、その優しさだけはひどく不器用だ。一度理解してしまうと、見ている方が歯痒《はがゆ》く思えるほどに。

「そんな責任、氷上さんが背負う必要ありません」

きっぱりと言い切り、美空は少し離れた場所にしゃがみ込んだ。半ばやけくそで、手当たり次第摑んだ草を抜いていく。紗妃が咎《とが》めるような声を出した。

「あなた、私の言うことを聞いていました？」

「はい。でも納得できないので、聞かなかったことにします」

途中で切れそうになる草を根ごと抜き取る。意外な重労働に美空は額を拭った。

「全部、兄さんに任せておけばいいんです」

新たな雑草と格闘しながら、美空は言葉を続けた。

「便利屋のこと、檀家のこと、ちょっと傍迷惑《はためいわく》なファンのこと、寺のこと。そういうのを丸ごと全部受け止めて、必要な時は誰かの手を借りて、なんだかんだ上手くやっていくのが兄さんなんです」

次に手をかけた背の高い雑草は、張った根が深いのか中々抜けない。中腰になった美空は両手に力を入れ、足を踏ん張る。

「それと私のことも、気にしなくて大丈夫です」

地面ぎりぎりの部分を持ち、もう一度チャレンジ。

「私が単細胞で感情のままに突っ走ることくらい、兄さんはお見通しです。たとえ私が何を仕出かそうと、兄さんの手に負えないなんてことはありません」

「信頼しているんですね、お兄さんのこと」

思ったより至近距離で声がした。いつの間にか紗妃が隣で、同じ雑草に手をかけている。

「はい?」

予想外の言葉に妙な声が出た。その拍子に草が抜け、美空は尻餅をつく。

「大丈夫ですか?」

「大丈夫です、けど！」

痛みを堪《こら》え、美空は紗妃を見上げた。

「別に私、兄さんのこと信頼とかしていませんから！」

全力で言い返すと、紗妃は小さく息をついた。少し乱れた髪を紗妃はさらりとかき上げる。

「本当に呆れるくらい、嘘が下手ですね」

夕日に染まった空気が淡く和らぐ。ほんのわずかに紗妃の口元が綻んだように見えた。

5

原岡家の依頼を終え、安住家に戻る頃にはすっかり日も暮れていた。

なんだか大変な一日だった。さっさと家に帰って、紗妃の淹れてくれるお茶で癒されたい。そう思っていた美空だが、門前で中をうかがっている男性がいることに気づき足を止めた。

「あの、うちに何か用ですか？」

声をかけると、男性はぎくりと身体を固くし、振り返った。年齢は紗妃と同じくらいだろうか。短髪で、見るからに快活そうな好青年なのだが、今は行動が怪しすぎる。そして美空の質問に答えることなく、さ迷っていた彼の視線は紗妃の上でぴたりと止まった。

「よう、久しぶり」

ふてぶてしさすら感じる態度で男性は手を上げる。美空の背後にいた紗妃の放つ空気がぴりりと凍りつく。

「お久しぶりです、菊地《きくち》さん」

その瞬間、今まで以上にパワーアップした、絶対堅固な氷の壁が出現した。


和室に通した男性は、菊地健吾《けんご》と名乗った。Y商事に勤めていて、紗妃とは同期にあたるらしい。決して和やかとは言えない雰囲気で向き合う二人に、和室の隅で美空は一刻も早い貴海の帰りを願った。

「本当にここで、働いているんだな」

紗妃に淹れられた茶を前に、菊地はぼそっとつぶやいた。

「話を聞いた時は、まさかと思ったけど……一体どういうつもりなんだよ」

どうやら菊地は紗妃が便利屋にいると知り、訪ねてきたようだ。

「ここにいるのは私の意志です。それ以上、あなたに答える必要はありません」

それは明らかな拒絶だった。菊地も感じ取ったのか、むっとしたように口をつぐむ。

じりじりと進まない時間。美空が気まずさに耐えきれず、茶でも淹れ替えようかと立ち上がりかけた時、ガラガラと引き戸が開く音がした。

「ただいまー」

帰ってきた。待ちきれず、美空は襖を開けて廊下に顔を出す。

「兄さん、こっち。お客さん」

手招きすると、貴海は大人しく和室に来た。逃がしてなるものかと腕を掴み、美空は中に引きずり込む。

「あれ？　なんだろう、この重苦しい空気」

「なんでそういうことを口に出して言うのよ！」

紗妃と菊地を前に首を傾げる貴海の背を、美空は思い切り叩いた。

「こちら菊地さん、氷上さんと同じ会社の同期の方」

「ふうん、じゃあ仁の後輩その二か。はじめまして、便利屋ＳＥＩＡＮＪＩの社長、安住貴海です」

「……は？」

自己紹介を受け、菊地は呆《ほう》けたように貴海を見つめた。

「社長って、あんたが便利屋をやっているんですか？」

「うん。何か問題でも？」

にこりと貴海に微笑まれ、菊地の顔がみるみるうちに紅潮する。その笑顔をもっと有効活用できないものかと、美空はげんなりした。

「ああ、……そういうことか」

赤くなった顔を隠すように逸《そ》らし、菊地はぶっきらぼうな口調で言った。

「話を聞いた時から、ずっとおかしいと思ってたんだよ。なんでプライドの高い『氷の姫』が便利屋なんかにいるのかって。でもこの人を見てわかった。納得した」

菊地は挑《いど》むような視線を紗妃に向けた。

「要はお前、この人が目当てなんだろ」

うわ面倒な展開だなあと貴海がつぶやく。紗妃は何も反論することなく、ただじっと菊地の視線と言葉を受けている。

「お前にとってうちの会社はその程度のもんなのか？　いわゆる腰かけか？　キャリアもプライドも捨てて、ここに永久就職するつもりかよ。ああ、でもそれもいいかもな。この人とお前なら老若男女、誰でも引っ掛け放題だろうし、Y商事で働くより、よっぽどお前の見た目を有効活用」

「いい加減にしなさいよ！」

だんっと和机が音を立てる。気づけば美空は和机に両手をつき、菊地の方に身を乗り出していた。

「あんた、さっきから何なの？　勝手なことばっかり言ってバカじゃないの？」

「はあっ？」

怒りで菊地の顔が真っ赤になる。だが美空は止まらない。

「氷上さんは別に、兄さんが目当てで便利屋にいるわけじゃない。氷上さんなりの考えがあってここにいるの。それに氷上さんは便利屋として、人並み以上にきちんと働いてくれている。陰口や文句を言われる筋合いなんて、これっぽっちもない」

もう一度感情のままに、美空は机に拳をぶつけた。

「それにあなた、氷上さんの同期なんでしょ？　同じ場所で働いてきた人なんでしょ？　私なんかよりずっと長く一緒の時間を過ごしてきたくせに、なんで氷上さんのこと全然理解してないのよ。氷上さんは真面目で、どんな仕事にも一生懸命で、何でも完璧にクールにこなしちゃうのに、ちゃんと人を気遣ったり思いやったりできる優しくて素敵な人じゃない！」

一気に言い放ち、美空は肩で息をする。やがて呼吸が落ちつくにつれ、次第に自分の仕出かしたことに気づき始めた。

「ええっと……」

美空は頬を引きつらせながら、菊地を見る。うつむいた菊地の肩が小刻みに震えていた。

「……わかってるよ」

低い声で、菊地はつぶやいた。

「お前が今言ったこと全部、言われなくてもわかってんだよ！」

勢いよく怒鳴ると、菊地は和室を駆け出て行ってしまった。荒い足音が遠ざかり、引き戸が閉まる派手な音がする。静まり返った室内で、美空は茫然とした。

「……やってしまった」

両手で頭を抱え、美空はその場に座り込む。

「どうしよう。仁ちゃんの後輩で、氷上さんの同期の人に、私はなんて暴言を……」

「覆水盆《ふくすいぼん》に返らず。まあ言ってしまったものは仕方ないよ」

貴海は美空の肩をぽんと叩く。美空はぐすっと鼻を鳴らし、正座をしてから紗妃の方を向いた。

「氷上さん、すみません。本当にもう、なんとお詫びしたらよいか……」

「かまいません」

動揺すらない声で紗妃は応じた。

「むしろ私の言いたいことを代弁していただき、感謝しています」

驚いて美空は顔を上げた。どこか穏やかな表情の紗妃と目が合う。

「私がこちらでお世話になるのも、残り一日です」

一度視線を落とし、紗妃は貴海と美空を見た。

「できれば今後の結論を出す前に、私の話を聞いていただいてもよろしいでしょうか」

二人が頷くのを確認し、紗妃は話し始めた。

「傲慢《ごうまん》に聞こえるかもしれませんが、私は幼い頃から人より容姿に恵まれていました。近所の人はもちろん、見ず知らずの人にも可愛いと言ってもらえて、子供ながらに嬉しかったのを覚えています」

美空は幼い紗妃を思い浮かべる。きっと笑顔の似合う可愛らしい子供だったのだろう。

「でも小学生になり、徐々に可愛いという言葉が純粋な褒め言葉ではなくなっていきました。可愛いからいいよね。可愛いから得だよね。そんなふうに皮肉を込めて言われるようになっていったんです」

当時のことを思い出したのか、紗妃は小さく息をついた。

「最初のきっかけが何だったのか、今となってはわかりません。学年で人気のある男子生徒が、私のことを好きだという噂が出た時か。皆がなりたがった学芸会のお姫様役に抜擢《ばってき》された時か。学区内で変質者が出た際に、担任が危ないからと私だけを家まで送っていった時か。もしかするとそんな日常の積み重ねが不満となって、言葉になり溢れ出たのかもしれません」

それは誰が悪いと言い切れるものではない。嫉妬、羨望、不公平感。そんな形のないものに紗妃は包まれていったのだ。

「中学になると、事態は悪化しました。何かにつけて『美人だから』と言われるようになりました。美人だから先生に気に入られる。美人だから男子に優しくされる。美人だから調子に乗っている。美人だから周りを見下している。私が笑うだけで、私が話しかけるだけで、まるで重大な罪を犯しているかのように責められました。だから私は笑うことも、人と関わることも、止めようと思ったんです」

意志のこもった言葉に美空は辛い気持ちになった。紗妃の氷の壁は、中学時代にすでに出来上がっていたということか。

「高校では意に反して、次から次に告白されるようになりました。でもだいたいが私の見た目に惹《ひ》かれてのことなので、そういう人は丁重にお断りしました。するとまた、美人だから選り好みをしていると陰口をたたかれるんです。中には逆恨みをして、ストーカー行為をしてくる人もいました。本当に怖くて、家族にも迷惑をたくさんかけたのに、やっぱり周りの人たちは言うんです。美人なんだから、それくらい仕方がないって。その頃はもう、美人であることが私の唯一の特徴で、代名詞のようになっていました。まるで自分が空っぽの人間だと言われているようで、悔しくて悲しくて、それで私は決めたんです。外見ではなく、中身で勝負ができる完璧な人間になろうと」

一度息をつき、紗妃は続けた。

「必死に勉強して、難関と呼ばれる大学に合格しました。ただ大学に入っても見た目で言い寄ってくる人たちは減りませんでした。でもそんな中、少しいいなと思う人がいて、その人とお付き合いすることになりました。その人は私の外見でなく、今までの苦労や努力を認めてくれて、私は彼のことが本当に好きになりました」

　わずかに紗妃の言葉尻が柔らかくなる。だがそれもほんの一瞬のことだった。

「でも周囲は、私を放っておいてはくれませんでした。美人なのに、なんであんな平凡な人と付き合っているの？　美人な自分を引き立たせるためでしょ。それより美人だけど男は顔で選ばないっていう性格の良さアピールじゃない？　好き勝手な陰口は止まることなく、しばらくして彼から別れて欲しいと頭を下げられました。これ以上一緒にいると、どうしようもなく自分が惨《みじ》めになる。そう彼に打ち明けられ、私は何も言えませんでした」

　想いを断ち切るように、紗妃は髪をかき上げた。

「彼と別れてから、私にとって大学はただの通過点になりました。早く卒業して、社会に出たいと思いました。商社で働きたいという目標を持ってからは、がむしゃらに努力しました。時間のある限り説明会に行き、企業研究をし、履歴書もエントリーシートも何度も書き直しました。Y商事に就職が決まった時は本当に嬉しかった。美人は顔で就職が決まるからいいよねと言われても、全く気になりませんでした。きっと社会人になれば、実際に仕事をすれば、正しい評価をしてもらえると信じていたんです」

　その前向きな願いが叶うと美空も信じ、紗妃の話を無言で促す。

「Y商事に入って、私はとにかく必死でした。顔で採用されたと言われないためには、努力して実力をつけるしかない。英会話スクールに通い、自宅での勉強も続けました。残業も皆が嫌がる仕事も率先して引き受け、マナーや社会人としてのルールも完璧にマスターしました。それで今年、海外にある支社への研修者候補に選ばれたんです。やっと今までの努力が報われたと心の底から救われた想いでした」

だが言葉とは裏腹に、紗妃の瞳は悲しみの色を帯びていた。その理由はすぐに語られた。

「でもやっぱり駄目でした。数日後、私が候補者に選ばれたのは、上司の好みだからだという噂がたちました。噂はだんだん悪質なものになり、私と上司が不倫関係にあるとか、私が色仕掛けで上司をそそのかしたとか、面白おかしく吹聴されるようになりました。もちろん事実無根の大嘘です。でも噂を気に病んだ上司によって、私は候補者から外されました。しかも社内の風紀を乱した責任として、休職という形で一週間の謹慎処分を受ける始末です。その際、上司は申し訳なさそうに私に言いました。きみが人並みの容姿なら、こんな結果にならなかったのに。それは私にとって、死刑宣告にも取れる言葉でした」

十人並みの美空からすれば歯痒い話だ。なぜ紗妃の人生において、美人というプラス要素がここまでマイナス要素に代わってしまうのだろう。

「どんなに努力しても、見た目に打ち消されてしまう現実に、私は絶望しました。その時ふと思ったんです。じゃあ私が美人でなければ、いいんじゃないかって」

紗妃は自身の右手に視線を落とす。そこに何かがあるかのように。

「気づけば手にしたカッターナイフで、私は自分の顔を傷つけようとしていました。それを止めてくれたのが陸箕さんです。彼は社内に噂が広まった時から、私のことを気にかけていてくれたそうです」

美空はほっと安堵の息をついた。本当に仁はどこにいても頼りになる。

「その時に陸箕さんから、安住社長の存在を教えられました。人並み以上の容姿のせいで、しなくてもいい苦労をしている人がいると。そして一度、社長に会ってみるよう助言されたんです。社長の生き方は私の今後を決める上で、参考になるだろうと」

だから初日に紗妃は貴海に質問をしたのだ。繰り返された転職と、便利屋を始めた理由。今後の紗妃が進むべき道の答えを導き出すために。

「私にはもう、わかりません」

絞り出すように紗妃は言った。

「何を目標に、何を支えに、どうやって生きていけばいいのか。私にはもう、わからないんです」

それきり紗妃は黙ってしまう。貴海は思案気な表情をした。

「うーん、しなくてもいい苦労をしているのは、どちらかというと僕より周りの人間の方なんだよなあ」

　紗妃が視線を上げたのを確認し、貴海は続けた。

「僕の場合は見た目に釣られて、とにかく女の人が寄ってくるんだよ。中には強烈な人もいて、嫉妬や思い込みで僕だけじゃなく、周りの親しい人たちにまで被害を及ぼすこともあってさ。でもそういう時はだいたい仁の援護でなんとかなるから、今まで僕は無事に生きながらえている訳だしね。それにこう見えて、美空もけっこうな実力者だったりするし」

　余計なことを、と美空は貴海をにらむ。だが貴海の女性関係トラブルに巻き込まれ、危険な目に遭《あ》ったことがあるのは事実だ。

「では社長は転職だけでなく、引っ越しが多いのは女性関係のトラブルが原因で？」

「それもあるけど、それだけじゃないかな。僕は行雲流水《こううんりゅうすい》、流動的で自由な生き方が好きだからね。あまり一つのことに執着したり、こだわったりしないんだよ。それに比べて氷上さんは一つのことを究めたり、一つの目標に向かって邁進《まいしん》できるタイプだろ？　そのへんの違いを理解した上で、仁も僕の生き方を真似ではなく参考にと言ったんだと思うよ」

「そうですね。陸箕さんは社長のこと、よくご理解していると思います」

「うん。でもそれを本人に言うとものすごく嫌がるから、ここだけのオフレコで」

　貴海は人差し指を口に当てる。紗妃は生真面目に頷いた。

「まあ僕に言えるのは、これくらいかな。きみは聡明だから、もうとっくにわかっていると思うけどね。氷上さんの生き方を決めるのは、氷上さんでしかないんだよ」

「ちょっと兄さん、もう少し具体的なアドバイスはないの？」

あっさり終わりそうな貴海の助言に、美空は口を挟んだ。

「迷惑な外野をあしらう方法とか、見た目を気にせず生きていく心持ちとか」

「そういうことは教えられてできることじゃないんだよ。それに今の氷上さんにこれ以上アドバイスをしても、あまり効果は期待できないからな」

「なにそれ、どういうこと？」

「氷上さん」

美空の問いを受け流し、貴海は紗妃に呼びかけた。

「さっき美空がきみの同僚に対して怒ったよね。どうしてだかわかる？」

「それは……菊地さんの態度が失礼だったからでしょうか」

「氷上さんに対する暴言が、聞くに堪《た》えなかったからよ」

「お前は余計なことを言わない」

思わず口を出した美空の額に、貴海はこつりと拳を当てる。

「まずはその答えを見つけることだよ」

再び紗妃に向き直り、貴海は穏やかに告げた。

「心暗き時は即《すなわ》ち遇《あ》うところ悉《ことごと》く禍《わざわい》なり、眼《まなこ》明らかなる時は途《みち》にふれて皆宝なり。心の迷いが晴れてこそ、初めて見えるものもあるからね」

6

駅までの帰り道、紗妃は無言だった。隣を歩く美空も何を話していいのかわからずにいた。

二人分の靴音のみが響く。やがて沈黙を破ったのは紗妃だった。

「先程はすみませんでした」

静かな声が夜の闇に溶けていく。

「見苦しいところを見せてしまったと、反省しています」

「そんなことありませんっ」

ぶんぶんと美空は首を振った。

「むしろ私、嬉しかったです。氷上さんの本音が聞けて、本当の気持ちがわかった気がしました」

そうですかと紗妃が応じる。まだ存在し続ける薄氷の壁を何とか壊すべく、美空は思い切って口を開いた。

「それに私も氷上さんと、似たような経験があるんです」

あえて前を向いたまま、美空は言った。

「もちろん私の場合は、外見じゃありません。でも貼られたレッテルと周囲の評価に身動きが取れなくなって、息ができなくなったことがあります。私は生まれた時からずっと『安住貴海の妹』だったから」

紗妃は何も言わないが、聞いているのはわかる。美空は話を続けた。

「昔から兄さんが原因で、人間関係では苦労してきました。小学生の頃、私に近寄ってくるのは兄さん目当ての女の子たちばかりで、純粋に私と仲良くなりたいと思ってくれる子は一人もいませんでした。彼女たちにとって私は単なる媒介で、それ以上でも以下でもない。そんな状態で友達なんてできるはずがなく、逆に兄さんへの取次が上手くできないと使えないと陰口をたたかれ、悪者のように責められる始末です。そのくせ二十歳になった兄さんが一人暮らしをするために家を出て、存在が日常圏内から離れてしまうと、周囲は一斉に私に対して無関心になりました。それで私は『安住貴海の妹』である価値と同時に、『安住美空』の無価値を嫌というほど思い知らされたんです」

軽く頭を振って、美空は足を進めた。

「中学に入ると、離れたはずの兄さんの存在がますます重くなりました。クラスの担任が中学時代の兄さんを知っていて、何かにつけて比較されたんです。見た目はもちろん、学力も運動神経も平凡な私は、全てにおいて大幅に兄さんに劣っていました。担任はそんな私に落胆し、同時に腹立たしかったんだと思います。たぶん『安住貴海の妹』に一方的な理想を抱いていて、私を認めることができなかったんでしょう。担任は常に私のことを『きみ』と呼び、『安住』と名前を口にすることは一度もありませんでした」

あの担任のことを思い出すと、今でも不快感が否めない。重くなる胸に夜気を吸い込み、美空は声を押し出した。

「担任と私の間に生まれた不協和音に、クラスメートたちはすぐに気づきました。生活指導も任されていたベテラン教師のクラス担任と、何の取り得もない私。どちらに就《つ》くかは明白です。クラスメートたちは私を避けるようになり、次第に私はクラスで孤立するようになりました」

紗妃とは違って美空の場合、気づけば周りに見えない壁が出来上がっていたのだ。

「そんな私を見ても担任は態度を改めず、むしろ兄さんのように突出したものがあるわけでもないのに、なぜクラスに馴染めないのかと私を責めました。クラスメートが私と関わらないのは、担任の態度が原因じゃない。関わる必要も意味もない無価値な人間だと、クラスメートに思わせている私が悪いと言われたんです。その時、私は何も言い返せませんでした。同じことを小学生の時、ずっと言われ続けてきたからです」

妹っていうだけで、自分は何の魅力も価値もないくせに。何度も投げつけられた言葉は呪いのように、じわじわと美空の身体を侵食していった。貴海の妹であること以外、自分は何もない空っぽな人間なのだと疑うことなく信じるほどに。

「私はごく普通の生徒でした。きちんと授業は受けている。遅刻もしていない。真面目に宿題も提出しているし、校則も守っている。人に迷惑をかけることも、後ろめたいことも一切していない。でも駄目なんだって気づいたんです。何をしても、どんなに努力をしても、平凡から抜け出せない私は認められない。だって私は『安住貴海の妹』だから」

生まれた時から背負ってきたその看板は、思った以上に重く、美空の手には余るものだった。

「何がいけないのか。どうすればいいのか。もう全くわかりませんでした。それで私、いわゆる不良になったんです。やっぱり私は単純で、普通っていう枠組みから外れる方法を他に思いつかなかったので」

さすがに紗妃も驚いた顔をする。今の地味な女子高生の美空からは、想像できない姿だからだろう。

「でも校内一有名な不良になっても、悪名を轟《とどろ》かせても、何も満たされませんでした。無理やり上書きした『安住貴海の妹』っていう看板が、ただ重くなっただけ。それでも私は止まれなくて、どうしようもない間違いや数えきれない失敗をしました。母が亡くなったのもこの頃で、私にとっていわゆる暗黒期というやつだったんだと思います」

母が亡くなる中学二年までは、学校をさぼったり暴力沙汰を起こしたりと、何かと警察の厄介になることが多かった。当時、少年課にいた都乃と知り合ったのは度重なる補導のせいで、生前の母には多大な迷惑と苦労をかけたことは痛いほど自覚している。

「ですがその暗黒期を抜け、今のあなたは充分に満たされているように見えますが」

慰めではない紗妃の指摘に、美空は素直に頷いた。

「そうですね。それは『安住貴海の妹』ではなく『安住美空』として、私を認めてくれる人がちゃんと傍《そば》にいるって気づいたからです」

誰が、とは言わない。だが察しの良い紗妃なら気づいているだろう。

「もちろん私が兄さんの妹であることに変わりはありません。でもそれは私の全てではないし、かと言って全否定できるものでもない。『安住貴海の妹』であることは切り離せない私の一部で、他の誰とも違う私の個性の一つ。そう思ったら、何だか気が楽になりました」

立ち止まり、美空は紗妃に向き直った。

「だから氷上さんも、諦めないで下さい。美人っていう外見だけじゃなく、ちゃんと氷上さんの努力とか人間性とか、そういう目に見えないものを理解してくれる人は絶対にいます。少なくとも私と兄さんと、あと絶対に仁ちゃんも、氷上紗妃という一人の女性のことを丸ごと全部認めていますから」

街灯の下、光に照らされる紗妃はやはり文句なしの美人だ。だが彼女がそれだけの人間ではないことを、美空はもう知っている。

「あの、すいませんっ」

そこで唐突に第三者の声がした。振り返ると男が一人立っている。パーカーのフードを頭から被っているので顔は見えないが、声から察するに若い男だ。

「友達がピンチなんで一緒に来て下さい。お願いします！」

がばっと頭を下げられ、美空と紗妃は顔を見合わせた。急病か何かだろうかと首をひねると、よほど慌てているのか男は紗妃の腕を取った。

「こっちです！」

男は紗妃を連れ、勝手に駅とは逆方向へと走り出す。慌てて美空も後を追った。男は細い路地を抜け、やがて薄暗い石段を登り始めた。美空の記憶では、この先にあるのは無人の古い寺だ。数年前に住職が亡くなり、後継者がおらずそのままになっているらしい。やがて階段を登りきったところで男は足を止めた。

「はい、到着」

男は告げるが、辺りには誰もいない。雑草の生えた地に、空の本堂があるだけだ。

「ピンチのお友達というのは？」

「いるよ、後ろに」

紗妃の問いかけに、男は笑って背後を指さす。すると本堂の脇から三人の男たちが現れた。その姿を見た時、美空は嫌な予感がした。なぜか三人は屋台で売っている某戦隊ヒーローのお面で素顔を隠しているからだ。しかも何のこだわりか、レッド、ブルー、グリーンときちんと色分けもされている。

「ピンチでもないし、友達でもないけどな」

頭からフードを外し、美空と紗妃を先導した男はどこからか取り出したイエローのお面を被った。代わりに紗妃の腕を掴んだブルーが頷く。

「強いて言うなら、仕事仲間か？」

「そうそう。オレら、おねーさんをちょっと痛い目に遭《あ》わせたら、報酬もらえるようになってんの」

耳障《みみざわ》りな笑い声が場に響く。腕を掴んだブルーに対し、紗妃が硬い声を出した。

「依頼人は誰ですか」

「さーねー。ネットだからわかんねーし。それにおねーさん、写真より実物の方が断然美人だから、依頼なしでも全然オッケー」

「あ、オレも。報酬なしでもいける。むしろおねーさん自体が報酬みたいな？」

戦隊ヒーローらしからぬ言動に、美空の我慢は限界に達した。

「あんたたち何なの？　さっきから堂々と話してるけど、それって犯罪よ？」

美空の視線を受け、ブルーは嫌そうな声を出す。

「お前、何？　すげー白けるんだけど」

「そうそう。関係ないやつは引っ込んでなって」

ブルーに追随し、ひらりとグリーンが手を振る。その間に紗妃が小声で囁《ささや》いた。

「あなたは行って下さい」

「できません」

美空は首を振った。おそらく美空が立ち去れば、誰かを呼びに行く前に彼らは紗妃をどこかへ連れて行くつもりだ。そうなったらもう止めようがない。

（四人、ならいけるか）

中学時代、悪名を轟かせた美空はケンカにはそれなりに自信がある。だが相手は成人男性で実力は未知数。もちろん体格差も考慮しなくてはならない。ひとまず落ち着けと言い聞かせ、美空は四人を観察した。ブルーとイエローは中肉中背。グリーンは長身だが身体の線は細い。体格がいいのはレッドで、実力的にも彼がリーダーなのだろうか。

（でもまずは、氷上さんを助けないと）

幸い紗妃は冷静で、動揺している気配はない。パニックになることもなさそうだ。

「私、氷上さんを置いてなんていけませんっ」

そう言って美空は紗妃に駆け寄った。とりあえずブルーが摑んでいる左腕とは逆の腕にしがみつく。

（よし、とりあえずこいつから）

ブルーの顎《あご》に照準を定める。左足を軸に、右足を蹴りだそうとした時だった。

「ちょっと待ったぁっ！」

場違いな大声が響き渡る。何事かと思えば遅れてきたヒーローのように、菊地が仁王立ちしていた。

「お前たち、氷上を放せ！」

言うと同時に菊地はブルーに突進する。勇気ある行動だが、ブルーが紗妃の手を引いて避けたため、結果として菊地は美空に激突した。

「いったーい」

思いっきり尻餅をつき、美空は顔をしかめる。しかも腕を摑んでいた手が外れ、紗妃との間に距離ができてしまった。

「くそっ、障害物が……」

地面に転がり、菊地は苦々しくつぶやく。失礼な物言いに美空は激昂《げきこう》した。

「誰が障害物よ！　というより何なの？　何でいるの？」

「な、なりゆきだ」

「嘘ばっかり！　ずいぶん前に帰ったじゃない！」

「だから氷上に謝ろうと思って家の前で待っていたら出てきた時にお前が一緒で声がかけ

られなくて仕方なく後をついて行ったらこんなことになったんだよ！」

観念したのか開き直ったのか、菊地は息継ぎなしで怒鳴り返す。それから真っ赤な顔をして、紗妃の方を見た。

「氷上！　さっきは言いすぎた！　悪かった！」

「いえ、大丈夫です」

相変わらず紗妃はクールだ。代わりにグリーンが苛立ちのこもった声を出す。

「あのさー、マジでなんなの？　さすがにこれ以上、男はいらねーんだけど」

「しょうがねーな」

そこで満を持したようにレッドが前に出た。

「オレ、おねーさんの相手は最後でいいや。その代わりこいつ、サンドバッグにすっから」

右手を上げ、力を誇示するようにレッドは肩を回す。やはり腕力に自信があるということか。

「菊地さん、一つお聞きしますが」

立ち上がりつつ、美空は尋ねた。

「ケンカ、もしくは格闘技の経験などはありますか？」

「自慢じゃないが、一切ない」

菊地は堂々と言い切る。もうやだ、この人。内心うんざりしつつ、美空はレッドと対峙《たいじ》した。

「じゃあ私があいつを食い止めます。その隙に菊地さんはなんとかして、氷上さんを取り返して下さい」

「わかった。お前の犠牲は無駄にしないっ」

次の瞬間、菊地は紗妃に向かって駆け出した。当然のようにレッドが前に立ち塞がる。そして右ストレートを喰らい、菊地は再び地面に転がった。

「ちっ、裏をかいたつもりが裏目に……」

「本当に何なの？　やっぱりバカなの？」

切れた口元を拭う菊地に、美空は地団駄を踏んだ。本当に彼は仁や紗妃と同じY商事の社員だろうか。

「ちょっと、離しなさい」

そこで紗妃の声がした。見ればブルーに手を引かれ、紗妃が無理やり石段へと連れて行かれている。

「氷上さん！」

慌てて後を追おうとする美空の前に、レッドが立ち塞がった。

「面倒だし好みじゃねーから、お前もサンドバッグでいいや」

無表情な面が不気味に光る。美空は足に力を込めた。その時、

「あれ？　祭りでもないのにお面がいっぱいだなあ」

場違いな、けれど聞き慣れた声がした。見れば石段の上、月を背に貴海が立っている。

「兄さん？　なんで？」

「なんでって、忘れ物だよ」

そう言う貴海の手に握られているのは美空の財布だ。

「氷上さんを送るついでにコンビニでデザートの一つでも買ってこさせようと思えば、無一文で出ていくなんて」

やれやれと貴海は肩をすくめる。こんな時まで食い気とは。さすがに空気を読めと美空は心の中でつっこんだ。

「あと美空、らしくないことはするべきじゃないよ」

ぽんと宙に投げた財布を片手でキャッチし、貴海はにこりと笑った。

「お前は単細胞なんだから、あれこれ考えず好きに動けばいい。お前の仕出かすことで、僕の手に負えないことはないからね」

「なんかもう、マジでうざいんだけど」

度重なる介入者の存在に、グリーンが苛立ちを顕《あら》わにした。

「つーかオレ、イケメンとか超むかつく」

言うと同時、グリーンは貴海に向かって拳を振り上げる。その瞬間、神経回路が焼き切れるような激情に美空は突き動かされた。勢いよく地面を蹴り、宙を舞った右足はグリーンの顎にクリーンヒットする。

「お面で素顔隠してるやつが、偉そうなこと言ってんじゃないわよ」

うずくまるグリーンを見下ろし、美空は冷たく言い放つ。うわあと菊地が呻いたが、聞こえないふりをした。

「こいつっ」

グリーンが倒れたのを見ると、レッドは拳を握って向かってきた。放たれた右ストレートをぎりぎりでかわし、美空は身体の反動を利用して、がら空きになったレッドの脇腹に回し蹴りをお見舞いする。ぐふっと苦しげな呻き声を上げ、あっけなくレッドは倒れた。

「なんだ。思いっきり見かけ倒しじゃん」

手応えのなさに拍子抜けし、ぶんっと美空は右足を振る。うわあと再び菊地が呻いた。

「なんだよこれ、聞いてねーよ」

仕事仲間が次々と倒れ、パニックになったのか、イエローは一目散に駆け出した。逃がしてなるものかと美空もスタートを切る。

「一つ言い忘れていたけれど」

隣を通り過ぎるイエローを引き留めることもなく、貴海は悠然と微笑む。

「前門の虎、後門の狼。そっちはそっちで危険だよ」

どかっと鈍い音と共に、イエローの身体が吹っ飛んだ。そのまま背中から地面に叩きつけられたイエローは、ぴくりとも動かない。

「あー、本気で腹立つ」

低い声を出しながら、石段を登ってきたのは仁だ。イエローを撃退したのが仁だとわかり、美空は口惜しさに唇を噛み締める。

(仁ちゃんの足技、見れなかった……っ)

仁は学生時代、空手で全国大会出場を果たした強者だ。一撃必殺で相手を倒すその美技は、一見の価値があるというのに。

「なんでお前と一緒だと、いつもトラブルに遭遇するんだよ」

貴海の横に並び、仁は顔をしかめる。貴海はあどけなく破顔した。

「トラブルはそれを解決できる人間の前でしか起こらない。天の計らいかなあ」

「それを言うなら試練はそれを越えられる人間にのみ与えられる、だろ。そもそもお前がトラブルメーカーなんじゃねーか」

「僕が生産担当なら、仁は回収担当だね。でも今回は僕というより、仁の後輩たちが生産者みたいだけど？」

「まあ、そうだな」

がしがしと頭を掻き、仁は紗妃に目を向けた。

「氷上、手を貸した方がいいのか？」

「いえ、大丈夫です」

冷静に言い放つと、紗妃はくるりと身体を反転させ、腕を掴んでいたブルーの手を捩《ね》じり上げた。すっかり油断していたのか、ブルーは悲鳴を上げる。

「いててて っ」

「当然です。痛いようにしています」

手を捩じり上げたまま、紗妃は容赦なくブルーの急所を蹴り上げた。ブルーは妙な声を上げ、その場にくずおれる。うわあああと菊地が今日一番、情けない声で呻いた。

「ひ、氷上さんて、強いんですね」

動揺し、美空は紗妃に近づく。ブルーに掴まれていた腕をパンと払い、紗妃は平然と頷いた。

「子供の頃から危険な目に遭うことが多かったので、護身術をマスターしました」

「そうですか……それならその、もう少し早く、実力を見せていただけたら……」

おそらく菊地が地に転がるのは、一度で済んだに違いない。

「申し訳ありません。予想外の弱さと強さを目の当《ま》たりにし、思った以上に動揺してしまいました」

「まあ確かに、予想外に弱いというか、なんというか」

視線を移すと、よろよろと菊地が立ち上がるところだった。満身創痍《まんしんそうい》だが、彼に限っては何の活躍もしていない。

「菊地、大丈夫か」

「うう……仁さん……」

仁に声をかけられると、菊地はくしゃっと顔をしかめた。

「すいません。いろいろ手回ししてもらったのに、オレ、全部台無しに……」

「気にするな。お前が空回りするのは、いつものことだろ」

「仁さんだけだ……オレに優しいのは……」

一人感動し菊地は声を震わせる。紗妃は無言で、美空はさり気なく視線を逸らした。

「じゃあとりあえず、家に戻ろうか」

全員の顔を見渡すと、貴海はにこりと笑った。

「それで氷上さんの淹れた美味しいお茶が飲みたいなあ」

7

都乃に連絡を取り、お面の四人組を警察に連行してもらった。都乃は結婚退職後も何か

と警察に顔が利くので、心強く頼もしい存在だ。ただし、

『今日は旦那がいるから帰るけど、皆の武勇伝をまた後日にね！』

と瞳をきらめかせる野次馬根性も、きちんと持ち合わせているのだが。

その後、美空たちは安住家に戻り、和室に腰を落ち着かせた。出たり入ったり、慌ただしい一日だ。

「予想外に大変だったけど、みんな無事でよかった」

座布団にへたり込み、美空は息をついた。実際、菊地は無傷ではないのだが、とりあえず無事には変わりない。当の紗妃は家につくと全員分の茶を淹れると言って、台所へ行ってしまった。その揺るぎないタフさに、美空は完全に脱帽した。

「それにしても兄さん、抜群のタイミングで現れたわよね」

「うん。それは菊地くんのおかげだよ」

美空の隣に座る貴海は、ちゃっかりコンビニで購入したカップアイスを食べている。やはりどんな時も食欲は衰えないらしい。

「最初に菊地くんが家に来た時、面倒な予感がして、念のため仁に呼び出しをかけておいたんだ。それで美空が氷上さんを送っていった後、家に仁が来たと思ったら、菊地くんから仁にSOSが入ったからさ。二人で現場に直行したんだよ」

「仁ちゃんに呼び出しって、いつの間に……」

「美空が菊地くん相手に大演説してる最中に、ささっとメールした。本当は動画も送りたかったんだけど、仕方なく断念したんだよなあ」

「当たり前でしょ？　何言ってるのよ……」

心労と疲労を覚え、美空は肩を落とした。同じ想いだったのか、部屋の片隅を陣取った菊地が力なく畳に手をついた。

「じゃあ氷上さんが便利屋にいるって、菊地さんに教えたのは仁ちゃんなんだ？」

仁を下の名前で呼んだり、紗妃のピンチの助けを求めたりと、菊地と仁は親しい間柄のようだ。仁は和机に頬杖をつき、アイスを食べる貴海を呆《あき》れた表情で見ていたが、美空の問いかけに苦笑して頷いた。

「菊地は今の部署の後輩なんだ。それで氷上が会社に来なくなってから、とにかく菊地がうるさいんだよ。氷上は今、どこで何をしているんだろうって、毎日顔を合わせるたびに聞いてくるからさ。いい加減面倒になって、そんなに心配なら直接自分で聞いて来いって、ここを教えたわけだ」

「へえ、氷上さんのこと心配してたんだ」

美空が生ぬるい視線を向けると、頬の絆創膏をいじっていた菊地は勢いよく顔を上げた。

「は？　別に氷上の心配とかしてねーし」

「菊地」

さらに噛みつこうとする菊地を仁が制した。

「素直になれないまでも、意地を張るのは止めておけ」

低く唸り、菊地はうつむく。そこへ紗妃が入ってきた。

「お待たせいたしました」

四人分の茶を配ると、紗妃は仁の隣で正座した。

「この度は皆さん、大変ご迷惑をおかけしました」

深々と頭を下げる紗妃に、美空はぶんぶん両手を振った。

「そんな！　氷上さんは悪くないですよ！」

「そうだな。氷上はただの被害者だ」

美空の言葉を受け、仁が続けた。

「貴海の傍にいるだけで、やたらと目の敵《かたき》にされたり、嫉妬の対象になって攻撃されることはよくあるからな。今回もそのパターンだろ」

傍迷惑な事実に美空は溜息をついた。ネットを使って紗妃を襲わせるなど、檀家の女性陣の嫌がらせがまだ可愛いものに思えてくる。

「氷上」

重い空気を押しのけるように、菊地が声を出した。

「なんで便利屋にいるのか、その理由はもう聞かない。でも代わりに一つだけ、聞きたいことがある。お前、うちの会社辞めるつもりかよ」

「わかりません」

菊地の問いに、紗妃は素直に答えた。

「正直、まだ迷っています。私はどうするべきなのか」

「だったら辞めるな」

乱暴にも思える口調で菊地は言い切った。

「迷っているなら辞めるな。それでオレに借りを返させろ。今年の春、オレが盛大に空回りして、商談一つ潰《つぶ》しかけたことがあったよな？」

紗妃は頷く。どうやら菊地が空回りするのは日常茶飯事らしい。

「オレ一人の手には負えなくて、皆に迷惑かけて、どうにか事は収まったけど、すごく反省して落ち込んだ。もう仕事辞めるしか、皆に詫《わ》びる方法なんてないと思った。そんな時、なぜかお前がオレに茶を淹れてくれた。相変わらずニコリともせず、『そういう気分だったので』とか淡々と言いのけて」

一度言葉を切り、菊地は手元の湯呑みを見つめた。

「その茶がさ、すげえ美味かったんだよ。しかもそれを飲んだら、いろいろと思い出したんだ。Y商事に入れて嬉しかったこと。失敗して落ち込んで、皆に慰めてもらったこと。商談が成立して感動したこと。同期に負けたくなくて努力したこと。そういうのが全部、走馬灯みたいに駆け巡って、オレまだ辞められねえじゃんって思った。オレはまだまだ半人前で、皆に助けてもらってばっかりだ。だから借りを返して一人前になるまでは辞められないって、心の底から思ったんだよ」

菊地の言葉を聞きながら、美空も目の前の湯呑みを見つめた。果たして一杯の茶に、そんな力があるのだろうか。だが同じ目標を持ち、同じように努力して、辿りついた同じ場所で、同じ時間を過ごした。そんな同期の紗妃と菊地の間だからこそ、起きた奇跡なのかもしれない。

「それでオレ、一念発起して仕事に取り組むため、今まで迷惑かけた人たちに謝罪しに行ったんだよ。そしたら皆、口をそろえて言うんだ。氷上に礼を言いに行けって。お前、皆がオレのフォローでできない分の仕事、一手に引き受けていたんだろ？　そのお陰で皆、何の気兼ねもなくオレの方にかかりきりになれたって言ってた。それなのにお前は無関係ですって顔をして、オレに何も言わないんだ。そんなの格好良すぎだろ」

子供のように口を尖らせ、菊地は紗妃を見つめた。

「とにかくオレは、お前に対して恩義がある。だからそれを返すまで、辞められたら困るんだよ」

言い終わると、ふいっと菊地は横を向く。どうやら照れているらしい。

「菊地さんは一つ、誤解をしています」

　菊地の横顔を見つめながら、紗妃は言った。

「私が皆さんの仕事を引き受けたのは、自分の実力を認められたかったからです。別に菊地さんのためではありません」

「動機が何であれ、結果的にオレはお前に助けられたんだ。それに誰かに認められるのが目的だって言うのなら、もっと自分の手柄を吹聴してるはずだろ」

　視線を合わせることなく、菊地は応じる。紗妃の態度も変わらない。平行線を辿りそうな会話がじれったく、美空は徐々にいらいらしてきた。

「ああもうっ！」

　正座した足が痺《しび》れるより先に、美空の我慢は限界に達した。

「言い方がまどろっこしい！　空回りが売りなら、もっと勢いよく転がって氷上さんにぶち当たりなさいよっ」

　立ち上がり、美空はびしりと人差し指を菊地に突き付けた。

「恩があるとか、借りを返すとか。そんな格好つけた言い方じゃなくて、素直な気持ちを言えばいいじゃない。本当にバカじゃないの？」

「お前なあっ」

　美空の挑発を受け、菊地も即座に立ち上がる。

「バカじゃねえから言えないんだよ！　もっと一緒に仕事がしたいし、氷上がいないと寂しいから辞めるなだなんて、言ったら本当にオレがバカみたいだろ！」

大声で言い切り、菊地は肩で息をつく。美空はふふんと笑った。

「……言ったわね」

「うん。言ったね」

「ああ、言ったな」

貴海が満面の笑みで、仁が憐れみを含んだ目で菊地を見る。全員の視線を受け、状況を理解した菊地は頭を抱えた。

「うわあやっちまった穴があったら埋まりてえ……っ」

その場に菊地はくずおれる。貴海はくすくすと笑った。

「美空の誘導で口を割るなんて、思った以上に単純だなあ」

「貴海、それ以上菊地の傷口を抉《えぐ》るな」

仁は菊地の傍に寄り、労わるようにその背を叩く。

「あと菊地の名誉のために付け加えると、氷上に戻ってきて欲しいと思っているやつは他にもいるからな」

しばらく再起不能な菊地に代わり、仁が言葉を紡ぐ。

「根岸《ねぎし》さんは直属の上司として、氷上を守れなかったって悔しがってる。落合《おちあい》チーフは氷上がいないと仕事が溜まるって嘆《なげ》いてるし、新人の松野《まつの》は氷上にもらったマニュアル片手に奮闘しつつも、しょっちゅう涙目だ。それに公私共にお前をライバル視してる青山《あおやま》は、毎日張り合いがないってぼやきつつ、お前の悪評を流したやつを見つけて潰すって意気込んでる」

仁の言葉に、紗妃は少しだけ目を見開いた。

「皆さん、どうしてそんな……」

「簡単なことだろ。根岸さんは氷上の仕事ぶりをちゃんと評価してる。落合チーフの高度な要求に応えられるのも、松野に完璧な指導ができるのも氷上だけだ。あと青山がお前をライバル視するのは、誰よりもお前のことを認めているからだ」

紗妃は瞬きもせず仁を見つめた。ただ次の言葉を待つように。

「お前の今までの努力に対して、これは正当な評価じゃないのかもしれない。でもお前のことを認めて、必要だと思っている人間がちゃんといる。オレはもちろん、菊地もな」

仁に同意するように、こくこくと菊地が頷く。紗妃は膝の上で両手を握り締めた。

「それだけで、充分です」

どこか困ったように、紗妃は眉を下げた。

「変ですよね。海外研修の候補者に選ばれるより、今の方が嬉しいだなんて」

「別に変じゃないよ。だってそれが氷上さんの本当に望んでいたものなんだろ？」

食べ終えたアイスのカップを置き、貴海はにこりと笑った。

「徳は孤ならず、必ず隣あり。意志堅固に努力を続けていれば、必ず理解者は現れるし、支えてくれる人も出てくるんだよ。それに今の氷上さんならわかるよね。なんで美空が菊地くんに対して怒ったのか」

「……それは」

少し考えてから紗妃は答えた。

「便利屋の仕事を一緒にする中で、私のことを理解して、認めてくれていたから……でしょうか」

紗妃の答えは正解だ。美空は頷く。

「だから私、氷上さんのことを悪く言う菊地さんに腹が立ったんです。まあ今思えば、本音とは真逆のことを言ってたみたいですけど」

菊地は相変わらず頭を抱えて唸っている。どうにも立ち直りが遅い。

「でも最初、氷上さんにはそれがわからなかった。そもそも氷上さんが初めて家に来た時から気になっていたんだよ。氷上さんは外見以外にも、人より優れた点がたくさんある。それなのにどうして自己評価がそんなに低いんだろうって」

貴海の言葉に美空も思い当たることがあった。今まで美空がどんなに褒め言葉を口にしても、紗妃はことごとくそれを否定してきた。

「その疑問は氷上さんの話を聞いたら解けたけどね。きみは今までずっと、外見重視の評価に苦しんできた。そんな中で無意識に、自分は外見でしか評価されない人間だと思い込んでしまった。だからいざ外見以外の部分を褒められても受け入れることができない。それは裏を返せば周りの人間が皆、自分を外見でしか判断しないという偏見に囚《とら》われてしまった証拠だよ」

「そうかもしれません」

素直に紗妃は認めた。

「だから私は気づかなかった。私のことを認めてくれる人たちが、ちゃんと周りにいてくれたのに」

紗妃の造り出す氷の壁は、他者を遮断するだけでなく、紗妃自身の目も曇らせていたということか。

「周りの人間と、自分自身。両方を正しい目で見ることができたなら、もう答えは出せるよね。どう生きるべきか、じゃなく、どう生きたいのか」

貴海の問いかけに、美空は紗妃を見つめた。その問いに、きっと正解はない。だからこそ紗妃は想いのままに生きるべきだ。

皆の視線を受け、紗妃は顔を上げる。そして背筋を伸ばし、口を開いた。

「私は」

## 8

月曜日、美空はいつも通りの朝を迎えた。

寺周りの掃除をし、母の仏壇に挨拶をする。それから朝ご飯を作って、叩き起こした貴海に文句を言いながら、一緒に食べる。そして今日の便利屋の予定を確認し、貴海に見送られて家を出る。

だがいつもなら走り抜ける門の前で美空は立ち止まった。見上げた空は、雲一つない快晴。爽やかな朝の空気を吸い込み、美空は自然と微笑む。

「がんばって、氷上さん」

八日間だけの仕事仲間に、心からのエールを送る。よしっと自身にも気合いを入れ、美空は勢いよく駆け出した。

＊

地下鉄の改札から、一気に人が吐き出される。人の波に乗り、紗妃は地上への出口を目指した。

職場へ向かうのは一週間ぶりだ。やけに長い期間に感じるのは、その間にあった出来事が色濃く記憶に刻まれたせいかもしれない。

地下鉄の出口から、職場までは一本道になる。そのため地上に出ると、必然的に同僚たちが多くなった。

「なあ、あれって例の」

「部長と不倫してたってやつ？」

そして好奇の目と噂話が嫌でも多くなってくる。全てをシャットダウンし、紗妃はただ前へと進んだ。

だがふいに人影が前に立ち塞がり、紗妃は足を止める。誰かと思えば菊地だった。

「よう」

仏頂面《ぶっちょうづら》で、菊地は右手を上げる。紗妃は首を傾げた。

「おはようございます。どうしたんですか？」

「別にどうもしてねーよ。ただ久しぶりの出社で、氷上が心細いかと思ってさ。ここで偶然会ったわけだし、一緒に出社してやるよ」

ぶっきらぼうに告げ、菊地は紗妃の横に並ぶ。偶然手に触れた菊地のコートは冷たく、それなりの時間外にいたのではないかと思ったが、あえて紗妃は口に出さなかった。

「ありがとうございます」

菊地の頬の絆創膏を見ながら、代わりに紗妃は礼を口にした。

「心細いとは思いませんが、心強い限りです」

「そ、そうかよ」

たどたどしく答え、菊地は歩き出す。紗妃もそれに続いた。

「そう言えば氷上がいない間、いろいろあってさ」

相変わらず好奇の視線は突き刺さる。ひそひそと陰口も絶えない。それでも紗妃の耳には菊地の声だけが聞こえていた。いつもは焦《あせ》ったり怒ったりと忙しい菊地だが、隣に並んで聞く声は朗《ほが》らかで、心地よいのだと紗妃は初めて知った。

やがて空高くそびえるビルが見えてくる。紗妃が根を下ろし、花を咲かせると決めた場所だ。

「んじゃ、行くか」

「はい」

菊地の声に紗妃は頷く。だがそこでふと紗妃は足を止めた。見上げるのはビルの頭上、どこまでも広がる青い空。

「ありがとう。いってきます」

八日間だけの社長と先輩に感謝を告げる。ずっと忘れていた笑顔を空へと解き放ち、紗妃は新たな一歩を踏み出した。

＊

その日の夜、仁が安住家にやって来た。

「じゃあ氷上さん、無事に職場復帰できたんだ」

仁の話を聞き、美空はほっと息をつく。仁は苦笑して頷いた。

「氷上がいない間、仕事は溜まるし、ミスは起きるしで、けっこう大変だったんだ。それでやっぱり氷上がいないと駄目だって、証明された訳だな」

「そっか。じゃあ逆に休職して良かったってことね」

「そうだな。いなくなって初めてわかる存在のありがたみってやつだ」

「そうそう。売り切れて初めてわかる限定品のありがたみだね」

口を挟みつつ、貴海は仁の持ってきた差し入れを奪取する。美空は唖然とした。

「なんで兄さんは、いつもそうなのよ」

「いつもも何も、僕は僕だよ。そして今日は最中《もなか》か。最近和菓子続きだね」

「文句があるなら食うなよ」

「文句はないし食べるよ。でも今度はマカロンがいいなあ」

「仁ちゃん、聞かなくていいからね」

釘を刺し、美空は立ち上がる。実は密かに試したいことがあるのだ。

台所に行き、紗妃から教わった方法で茶を淹れる。湯呑みを載せた盆を持ち、居間に行くと、すでに最中を前に貴海が待ち構えていた。

「はい、どうぞ」

貴海と仁の前に湯呑みを置き、美空も席につく。

「今日は氷上さん直伝の方法でお茶を淹れたから、まず飲んでみて」

さあさあと促すと、大人しく二人は湯呑みに口をつけた。不安と期待を抱えて美空は結果を待つが、二人は同時に微妙な表情をした。

「普通だね」

「ああ、普通だな」

「嘘っ、なんで？」

教わった通りに淹れたのに。美空も自分の湯呑みに口をつける。

「……普通ね」

別に不味《まず》くはないが、特別に美味しくもない。いつも通りの、普通の茶だ。

「さすが美空、ある意味ミラクルだね」

堪えきれないように貴海は吹き出す。その頭を仁が叩いた。

「お前はもう少し気を遣え。あと美空、練習すればそれなりに上達するからな」

仁の慰めに美空はこくりと頷く。笑いを堪えず、貴海は湯呑みを持ち上げた。

「でも気にすることないよ。過ぎたるは猶《なお》、及ばざるがごとし。何事も『ほどほど』が一番だからね、美空」

「もううるさい！　兄さんに言われたくない！」

我慢できず美空は怒鳴る。いつか絶対に貴海を唸らせる茶を淹れてやると心に誓い、美空は一気に茶を飲み干した。

第二話

# 嘘つき少年の家庭教師

1

窓から木漏れ日の射し込む昼休みの教室。

手作り弁当を食べ終え、特にすることもない美空《みそら》は机に頬杖《ほおづえ》をつき、うとうとしていた。早起きに加え、昨夜は便利屋に夜間の防犯パトロールの依頼が入り、貴海《たかみ》と一緒に町内を回っていたため寝不足なのだ。

まどろむ視線の先では男子生徒が携帯ゲームに熱中し、さらにその先では女子生徒たちが談笑している。平和な光景だなと夢見心地の美空だったが、ふいに携帯が鳴り、目が覚めた。

確認すれば、メールが一通届いている。送信者は貴海だ。

〈夕方、依頼人緊急来訪。寄り道せず帰ること〉

文面を読み込み、美空は息をついた。とりあえず了解と返信を打っておく。するとしばらくして、再び携帯が鳴った。今度は何だろう。届いたメールを見て、美空はぱちぱちと瞬《まばた》きをした。

（瀬崎《せざき》くんだ）

瀬崎大智《だいち》は別の学校に通っているが、美空と同じ高校一年生だ。便利屋の依頼を受けた縁で知り合って以来、わりと頻繁に連絡を取り合う仲になった人物である。

〈今日、お前の家に行く。兄貴によろしく言っとけ〉

きっと向こうも昼休みの最中なのだろう。どんな顔で文章を打っているのやらと想像しつつ、美空は指を動かす。

〈わかった。夜ご飯食べていく？〉

〈食う。つーかオレが作る〉

よし。即座に来た返信に、美空は小さくガッツポーズを作った。家事から解放されるのも嬉しいが、純粋に大智の作る料理は美味《おい》しいのだ。

〈材料はこっちで仕入れるから、お前は特に何もしなくていい。じゃあ後でな〉

〈うん。また後で〉

メールを終え、うきうきと美空は携帯を仕舞う。今晩のメニューは何だろう。晩御飯に思いをはせる美空の脳裏から、依頼人来訪の情報はすっかり抜け落ちていた。


夕方、美空が帰宅すると、すでに大智が家に来ていた。

「いらっしゃい、瀬崎くん」

「おう。おかえり」

よって、帰ってきた美空を台所にいる大智が迎える妙な構図になった。どちらが家の住人か、わかったものではない。

「何作ってるの？」

鞄《かばん》とコートを居間に置き、美空は台所に足を踏み入れた。大智の前には等分に切られたカラフルな野菜と、下ごしらえをした魚介類が並んでいる。

「今日はパエリアだな」

「パエリアって作れるの？」

美空は激しく動揺した。制服のまま台所に立つ大智の料理歴は、まだ一ケ月である。

「料理なんだから、作れるに決まってんだろ」

包丁片手に大智はクールに言い放つ。もはや勝てる気がせず、美空はすごすごと引き下がった。

そもそも大智は美空の通うF高校より遙かに偏差値の高い、文武両道を誇るM大付属高校の生徒だ。その優秀さを証明するように、すっきりした目鼻立ちの整った容貌は理知的で、貴海とは種類の違うイケメンと言えるだろう。

そんな大智が便利屋の依頼終了後も、何かと安住《あずみ》家を訪れている理由は簡単。貴海に懐《かい》柔《じゅう》されたためだ。

最初の頃、大智は家に来ると貴海に勉強をみてもらったり、対戦ゲームで白熱したバトルを繰り広げたりと、男子高校生らしい時間を過ごしていた。だが最近はそれに加え、料理の腕前を神がかり的に上げた大智は、安住家の台所に立つようになった。貴海の胃袋を摑《つか》んでどうする気だとつっこみたいところだが、今のところ美空は沈黙を守っている。それは大智の料理が文句なしに美味しいからであり、決して食材費が大智持ちで、家計が浮いて助かるからではない。

「あれ美空、帰ってきてたんだ」

二階から下りてきた貴海が、そこで部屋に入ってきた。

「おかえり。あと日に日に開く実力差に、落ち込んでも仕方がないよ」

笑いを含んだ貴海の声に、美空はそっぽを向いた。美空の料理歴は二年だが、作れるのはオーソドックスなものだけだ。

「それにしても大智は本当に料理上手だよね」

「そうですか？　別にマニュアル通りの材料を買って、マニュアル通りに調理して、マニュアル通りに味付けしてるだけですけど」

貴海の褒め言葉にまんざらでもない表情をしつつも、大智は平然と応じる。ちっと美空は舌打ちをした。凡人はそのマニュアル通りにできないから苦労するのだ。

「じゃあ台所は大智に任せるとして、こっちは本来の仕事をするよ」

貴海に視線を向けられ、美空は首を傾《かし》げる。本来の仕事、とは？

「まさか美空、大智の料理に浮かれるあまり、今から来る依頼人のことを頭からすっ飛ばしていないよね？」

満面の貴海の笑みを前に、美空は顔を引きつらせた。指摘は大当たりで、言い訳すら出てこない。

「お前、しっかりしろよ」

呆れたように大智がつぶやく、二人分の視線を受け、美空は小さく縮こまった。


数十分後、便利屋を訪ねてきたのは一組の母子だった。

母親は藤木《ふじき》恵《めぐみ》と名乗る三十歳前後の女性で、息子の昴《すばる》は私立Ｔ小学校に通う四年生だと言う。美空の二人の第一印象は「優しいお母さん」と「賢そうな子供」で、夕飯時に便利屋に来るより、オシャレなマイホームで手作りハンバーグでも食べている方が、よほどしっくりくるような母子だ。

「今日は突然お邪魔して、申し訳ありません」

肩につく柔らかそうな髪を押さえ、恵は頭を下げた。

「でも私、由利《ゆり》さんに絶対に行ってみるべきだと強く勧められて……」

恵が口にした人物の名に、美空は嫌な予感がした。

「あの、由利さんって、うちの檀家《だんか》の岡田《おかだ》家の由利さんのことでしょうか？」

我慢できず美空が口を挟むと、恵は顔を上げて頷《うなず》く。

「ええ、由利さんとはフラワーアレンジメントの教室で一緒になって、親しくさせていただいています。私は専業主婦なので、由利さんのような方とお話しすると驚くことばかりです」

由利は恵と同年代だが、独身のキャリアウーマンだ。平穏を求めず、常に何かと勝負をしているような女性で、恵とは正反対のタイプに思える。

「それでその、由利さんからお話を聞いた時は、さすがに半信半疑だったんです。でも今、ご本人を前にして、由利さんの言っていることは本当なんだと確信しました」

ハンカチを両手で握り締め、恵は潤《うる》んだ目で貴海を見つめる。嫌な予感が的中し、美空は目まいを覚えた。

由利は貴海の熱狂的な信奉者だ。なんでも以前、仕事でトラブルと失敗続きで落ち込んでいた時、偶然道で会った貴海と話してから、全てが嘘のように上手くいき始めたのだと言う。それ以来、由利はゲン担ぎも兼ね、企画会議や合コンなど勝負事があるたびに貴海に会いに来ては、勝利を手中に収めてきた。その結果、由利は貴海を神格化する信徒となり果てたのである。

美空からすれば、単に由利の勝負運とバイタリティが強いだけの話に思える。だが由利の妄想めいた信仰は止まることがない。カミくんを見ると良いことがある。カミくんと話すと運気が上がる。カミくんの笑顔で全てが上手くいく。由利にとって、まさに貴海は生きるカミ様なのだ。ただ由利の場合、貴海を神格化するあまり、恋愛対象として見ていないことだけが、唯一の救いだったりするのだが。

（でも由利さん、ちゃんと布教活動はしちゃっているのね）

しかも檀家とは無関係の一般人に。言い様のない罪悪感に襲われた美空は、隣ですましている貴海の膝をげんこつで叩いた。

「えぇっと恵さん、由利さんに何を聞いたかは知りませんが、兄はただのしがない便利屋です。その現実を踏まえた上で、依頼をよろしくお願いします」

祈るような気持ちで美空は先を促《うなが》す。恵はハンカチを握り直し、口を開いた。

「依頼は息子、昴の家庭教師です」

予想外の言葉に美空は目を丸くした。存在を忘れつつあった昴は、美空が出したジュースを大人しく飲んでいる。

「昴は今四年生ですが、W中学合格に向け受験勉強を始めています。それでお忙しいとは思いますが、できれば塾のない週二日、貴海さんに昴の勉強をみていただきたいんです」

「ちょっと待って下さい」

徐々に前のめりになる恵に対し、美空は両手を上げストップの形を作った。

「W中学って、県内だけじゃなく県外からも志願者が集まる超難関校ですよね？　そこを受験するのに、家庭教師が必要なのはわかります。でもなんで兄が出てくるんですか？　プロの家庭教師に頼んだ方が絶対に良いと思いますけど？」

「プロの家庭教師の方には、今年の春から来ていただいていました。でも昴の成績が伸び悩んでしまって、そんな時に由利さんに貴海さんのお話を聞いたんです。ですからお願いします。貴海さんのお力で、昴に合格という勝利を与えてやって下さい」

ハンカチを投げ捨て、胸の前で手を組み貴海に訴える恵は、もはや立派な信者だ。美空は顔を引きつらせつつ、昴へ視線を移した。

「す、昴くんはどうなのかな？」

母の目を覚まさせるには、子の力を借りるしかない。しかも幸いなことに、昴は男の子だ。母子で貴海に傾倒する危険性は回避できるに違いない。

「この人に勉強をみてもらいたいって思う？　それで本当に成績が良くなると思う？」

美空の問いかけに、昴は飲んでいたジュースのコップを和机に置いた。それから順々に皆の顔を見ると、神妙な表情で頷いた。

「よくわからない、けど、がんばります」

昴の健気《けなげ》さに、美空は涙が出そうになった。今まで正当な努力を続けてきたであろう昴には、合格という勝利を掴み取って欲しい。だがそれは貴海の力によってもたらされるような、簡単なものではないのだ。

「兄さん、どうするのよ」

できる限り小声で美空は尋ねた。沈黙を守っていた貴海は、満を持したかのように口を開く。

「その依頼、お受けいたします」

あっさりと言い切られ、美空は目を白黒させた。今までの私の奮闘はなんだったのかと、真剣に貴海に問い詰めたい。

「ただ依頼を受けるにあたって、一つ条件があります」

美空の非難の視線など素知らぬ顔で、貴海は続ける。

「昴くんの勉強をみる場所を、藤木さんのお宅ではなく、我が家にしてもらいたいんです。僕の都合で申し訳ないんですが」

「いいえ、貴海さんにみてもらえるなら、場所はどこでも構いません。昴の送迎は、きちんと私がいたしますので」

依頼を受けてもらえる喜びからか、恵の表情がぱっと明るくなる。貴海は拾ったハンカチを手渡しながら、駄目押しのように微笑《ほほえ》んだ。

「では明後日《あさって》から、よろしくお願いします」

「こちらこそ、よろしくお願いいたします」

ハンカチを胸の前で握り締め、頭を下げる恵は涙目だ。隣で母に倣《なら》い、昴もぺこりと頭を下げた。

「お願いします」

「うん、よろしくね」

貴海が軽く笑いかけると、昴は緊張しているのかうつむいた。三者三様の様子に、美空は頭を抱える。便利屋に仕事が舞い込んだと喜ぶべきなのに、やはり厄介事の予感しかしなかった。


大智の作ったパエリアは文句なしの出来栄えだった。魚介と共に旨みの染みた米を噛《か》み締めながら、美空は目元を拭《ぬぐ》った。

「なんだろう。おいしすぎて涙が出そう」

「お前、大丈夫かよ」

隣に座った大智は、若干引き気味の表情を美空に向ける。

「さっきの依頼、そんなに厄介なのか？　何回か台所まで、お前の悲痛な声が聞こえてきたぞ」

「うっ、ごめん……。実はね」

当の貴海が食に没頭しているため、美空は事態を簡潔に説明した。一連の流れを聞いた大智は、ふうんとつぶやく。

「別に問題ないだろ」

取り皿に盛ったパエリアをかき混ぜながら、大智は言う。

「元予備校講師だけあって、貴海さん教えるの上手いし、小学生の家庭教師くらい楽勝だと思うけどな」

「でも昴くんはT小に通ってて、W中を目指しているんだよ？」

「W中出身者の多いM高のオレに勉強を教えられるんだから、レベル的には全く問題ない」

うぐっと美空は言葉に詰まる。横にいる人物の偏差値の高さをすっかり忘れていた。

「お前だってそのへんは理解してるんじゃねーの？」

大智の冷静な指摘に、美空は口に入れたスプーンを噛んだ。確かに貴海は頭が良いし、教え方も上手いと思う。そもそも中学時代、まともに学校に行っていなかった美空が高校合格を果たせたのは、貴海のスパルタ指導の賜物《たまもの》だ。

「要するにお前が気になっているのは家庭教師って依頼じゃなく、貴海さんにハマりそうな母親の存在なんだろ。相変わらずのブラコンだよな」

「はあ？」

スプーンを吐き出し、美空は声を上げた。

「前々から言ってるけど、私のどこがブラコンなのよ！」

「どこって、そのまま全てだろ」

「全然意味わかんない。そもそも兄さんに食べさせるために、週一で家にご飯作りに来る瀬崎くんに言われたくない」

「ああ？　じゃあ食うな。今後お前は一切オレの作ったもんを口にすんな」

「嫌よ。食べるわよ。私にだって食べる権利くらい」

そこではたと、美空は動きを止めた。テーブルの真ん中、置いてあった大皿がいつの間にか空《から》になっている。

「ごちそうさまでした」

ぱんと手を合わせる音がする。見れば空の取り皿を前に、貴海が満足げな表情を浮かべていた。

「いつまでも食べる権利があると思ったら大間違いだよ」

悪びれることなく貴海は笑顔を見せる。悔《くや》しさのあまり、美空はスプーンを握り締めた。

「それにしても、本当に大智の料理は美味しいね」

空になった皿を名残惜しそうにつつき、貴海は溜息をついた。

「美空の単調な料理と違って、毎回メニューが新鮮だし、食材も高級だし。できれば週に一回じゃなく二回、大智の手作り料理が食べられたら僕は幸せなんだけどな」

じいっと食い入るように、貴海は上目づかいで大智を見つめる。本気のおねだりモードに美空は顔を引きつらせた。

「ま、まあ放課後は割と暇なんで、週二くらいなら別にオレは構わないですけど」

貴海から微妙に視線を逸《そ》らし、たどたどしく大智は応じる。貴海は満面の笑みで頷いた。

「うん。じゃあこれから週に二回、大智は家にご飯を作りに来るついでに、昴の勉強をみてやってよ」

「は？」

美空と大智は同時に声を出す。貴海は平然としたままだ。

「予備校で働いていたから、高校の勉強くらいはみれるんだけどね。さすがに中学受験をする小学生に教えるとなると、年齢的なギャップもあるからさ。その点、大智は優秀だし、学力的に問題はないだろ？」

「ちょっと待って。依頼を受けておきながら、瀬崎くんに丸投げってどういうことよ」

美空はきりきりと眉を寄せる。貴海は肩をすくめた。

「さっきまではイケるかなって思ってたんだけど、大智を前にしたら、なんか気が変わっちゃって」

なんていい加減な。美空は怒りを抑え、大智に目を向けた。

「瀬崎くん、断っていいからね。週二のご飯はともかく小学生の家庭教師なんて、便利屋でもない瀬崎くんがする必要は全くないもの」

「そうなんだよなあ。本当なら便利屋アルバイトの美空が負うべき仕事なのに、この手のことは全く戦力にならないからさ」

貴海からの戦力外通告に美空は頬を膨《ふく》らませた。わかってはいるものの、改めて口に出されると腹が立つことこの上ない。

「要するにこれ、依頼代行ってことですよね」

怒りに震える美空の隣で、大智はあくまでも冷静だ。

「だったらオレ、報酬とかもらってもいいですか？」

突然始まった交渉に美空はぎょっとする。貴海は面白そうに目を細めた。

「もちろん大智には相応のお礼をするよ」

「わかりました。それなら小学生の家庭教師、引き受けます」

再び美空はぎょっとした。大智はどこか楽しそうに貴海を見つめる。

「ただし金は要らないです。貴海さんに今、貸しを作っとくのも悪くないと思うんで。その代わり報酬はオレが望む時に、オレが望むもんを下さい」

「うーん、これは意外とツケが高くつくパターンかな」

言葉のわりに貴海はくすくすと笑っている。結果的には事が思い通りに運び、満足なのだろう。

「でもいいよ。大智は良識人だから、僕が困るような要求はしないだろうしね。依頼は明後日からで、よろしく」

「了解です」

「あと晩御飯は、美味しいポトフが食べたいなあ」

「そっちもまあ、了解です」

貴海のリクエストに、大智は生真面目《きまじめ》に頷く。もう好きにしてよと、美空は大きな溜息をついた。

2

家庭教師一日目の木曜日、意外にも昴は一人で安住家にやって来た。

なんでも家に一度帰るより、電車を乗り継ぎ学校から直接来た方が早いらしい。母親の恵に比べ、貴海に対する信仰心がなさそうな昴は、和室に同席している大智の存在にも抵抗がないようだった。

「そういうわけで、昴の勉強は主に大智がみるからね。立場的には大智が先生で、僕が師匠、美空が助手ってところかな」

貴海の説明を受け入れたのか、どうでもいいのか、昴はこくんと頷いた。美空としては師匠の部分をつっこみたかったが、昴が教科書などをカバンから取り出し始めたため、口をつぐむことにした。

「じゃあ僕は一件、別の依頼を済ませてくるから、後はよろしく」

ひらりと手を振り、貴海は和室を出て行ってしまう。おそらく授業の最後に顔を出し、今日の出来栄えだけ確認するつもりなのだろう。どこまでも師匠気取りな態度に、美空は眉を寄せた。

（それで私は、どうしろと？）

助手と言われても、特に大智を手伝えることはなさそうだ。昴の持ってきた問題集と大智の話す内容がさっぱり理解できないと気づいた美空は、邪魔にならないよう大人しく退出することにした。

だが夕飯の準備も便利屋の仕事も、今日は全て大智の担当だ。特にすることのない美空は学校の課題に手をつける気にもなれず、なんとなくコートを羽織って外に出た。どうしようかと少し考えてから、石畳の上を歩く。向かうのは本堂だ。

住職代理は勤めを終えているため、すでに寺には誰もいない。無人の本堂前の階段に腰を下ろし、美空は欄干に身体を預けた。

幼い頃はよくここに座り、父の読経を聞いていた。小学校で嫌なことや辛いことがあった時、父の経を聞くと不思議と心が落ち着いたものだ。それは檀家の人々同様、美空にとっても父が信頼できる存在だったからだろう。

だが中学生になると、そんな父と美空は大激突をした。美空は母と違い、貴海の妹であるがゆえの苦悩を微塵《みじん》も理解しない父に無性に腹が立った。父は父で学校にもまともに行かず、道を外れた娘が許せなかったに違いない。

そして二年経った今、堅物《かたぶつ》だった父が放浪の身となり、道なき道を突き進んでいる。人生、本当に何が起こるかわからないものだ。

(今頃、どこで何をしているんだか)

美空はぼんやりと空を見上げる。茜《あかね》色に染まる空を、緩《ゆる》やかに雲が流れて行った。

結局本堂の廊下の拭き掃除に時間を費やし、美空は頃合いを見て和室へと戻った。するとちょうど良いタイミングだったのか、昴が勉強道具を片付けているところだった。

「お疲れ様」

二人分のジュースのコップを机に置き、美空は大智の隣に座った。

「どうだった?」

「特に問題ねーよ。まだ初日だしな」

コップに手を伸ばしながら大智は応じた。昴も同意するように、こくんと頷く。どうやら一日目は順調に終了したらしい。

「昴くん、どうやって帰るの？　送っていこうか？」

美空が尋ねると、昴は首を振った。

「お母さんに、連絡しました。迎えに、来るそうです」

恵の来訪を知り、美空は複雑な気分になる。昴が現状をどう説明するかはわからないが、契約不履行《ふりこう》で訴えられたりしないだろうか。

(でもその時は、依頼を白紙に戻せばいいだけか)

むしろその方が互いのためのような気がする。妻であり母である恵には、一刻も早く目を覚まして欲しいものだ。

「ただいま」

そこで見計らったかのように、帰宅した貴海が顔を覗《のぞ》かせた。同時に漂《ただよ》う甘い匂いに美空は眉を寄せる。

「何？　この美味しそうな匂いは」

「さすが美空、動物並みの嗅覚《きゆうかく》だね」

くすりと笑いを漏らし、貴海は和室に入ってくる。その手にあるのは藍色の紙袋だ。

「これは僕からの差し入れだよ。心して食べな」

そう言って貴海が手渡してきたのはたい焼きだ。その包装紙を見て、美空ははっとする。

「これって三島屋《みしまや》のたい焼き？　買うのに一時間は並ぶっていう有名な？」

「そういうこと。今日の依頼はたい焼き購入だったからね。せっかく並んだついでに、うちの分もゲットしてきたんだよ」

得意げに貴海は胸を張るが、行列に並ぶだけの比較的楽な仕事だ。これは檀家の貴海ファンによる寄付的依頼に違いない。

「ところで昴はたい焼きを、どうやって食べる？」

よいしょと昴の隣に座り込み、貴海は小首を傾《かし》げた。

「ちなみに僕は頭から、美空は尻尾《しっぽ》から食べる派だよ」

「私の場合、兄さんが私のたい焼きの頭部分を勝手に食べて尻尾しか残らないから、選びようがないだけなんだけど」

訂正を試みつつ、美空はたい焼きを両手で死守する。今日こそは丸ごと一匹いただきたいものだ。

「僕は、半分に割って、真ん中から、食べます」

たい焼きを見つめつつ、昴は答えた。その言葉に大智が顔を上げる。

「へえ、うちの姉貴と同じだな。それで時々、半分オレにくれたりするんだ」

「ふうん。優しいお姉さんでうらやましい。それに比べてうちは」

嫌みを込め、美空は冷めた視線を送ってみるが、貴海は気にする様子はない。

「僕は与えられるより、欲しいものは摑み取るタイプなんだよ。ということで大智、互いのたい焼きを賭けて一勝負しようか」

どうやら今日のターゲットは美空ではなく大智らしい。止めておけばいいものを、大智は貴海の挑発を受け立ち上がる。

「いいですよ。今日こそは絶対に負けねー」

美空が制止するより先に、闘志をみなぎらせた大智は食い気を漂わせる貴海と連れ立って和室を出て行ってしまう。あっけにとられた美空だが、すぐに昴の存在を思い出し、平然を装って姿勢を正した。

「詳しくは知らないんだけど、パズル型対戦ゲームにハマってるみたい。昴くんも一緒にやる？」

「いいえ。僕は、いいです」

半分に割ったたい焼きに口をつけつつ、昴は言った。

「ゲームは、しません。勉強する時間が、なくなるので」

はあ、と美空は相槌《あいづち》を打った。小学校四年生といえども受験生は多忙のようだ。

「でもテレビは見るでしょ？　好きな番組は何？」

なんとか会話を成立させなければ。妙な使命感にかられ、美空は言葉を繫《つな》ぐ。

「いえ。テレビも、見ません」

「そ、そう。なら音楽は？　好きなアイドルとか」

「聞かないので、特に、いません」

会話が弾《はず》まないどころか、投げた言葉はことごとく跳ね返され、地に落ちて埋もれていく。じわじわと襲いくるプレッシャーと気まずさに、美空はいたたまれなくなってきた。

「えっと、それならスポーツは？　野球とか格闘技とか、好きじゃない？」

「格闘技？」

昴は怪訝《けげん》そうな顔をするも、少し考え込む。やがて残りのたい焼きに話しかけるように、昴は答えた。

「フットサルは、好き、かも」

「本当？」

今までとは違う手応えに、美空は思わず腰を浮かし、慌《あわ》てて座り直した。これ以上はしゃいだら、きっと昴は引いてしまう。

「お父さんが、学生の頃、サッカーをしていました。それで得意だからって、教えてもらって、約束しました。いつか、二人で、一緒に試合に出ようって」

途切れ途切れだが、昴は自主的に話し始める。うんうんと美空は頷いた。人見知りなのか、引っ込み思案なのかはわからないが、昴はあまり他人と会話をするのが得意ではなさそうだ。

「お父さん、フットサル上手なんだ？」

「はい。上手い、です」

父親を褒められたことが嬉しいのか、心なしか昴の表情と声が明るくなる。美空は心の中で万歳をした。

「じゃあ休みの日に、お父さんと一緒に練習したりするの？」

美空の脳裏には、自宅の庭でボールを蹴る仲睦《なかむつ》まじい父子の姿が浮かぶ。だが、

「いいえ。今は、しません」

温かな想像は一瞬のうちに吹き飛んだ。やはり現実世界は、それほど甘くない。

「ええっと……」

次なる話題を探し、苦悩する美空の前で、昴は黙々とたい焼きを食べ続ける。すると居間から大智の絶叫が聞こえてきた。どうやら向こうも勝敗がついたらしい。明らかになる二つの敗北に、美空はがっくり肩を落とした。

＊

車が大通りに出ると、待っていたかのように恵が口を開いた。

「今日はどうだった？」

期待と不安が混じり合った、曖昧な質問だ。どう答えるのが正解かわからず、助手席に座った昴は首をひねった。

「良かった、と思う」

とりあえず曖昧な答えを返しておく。するとハンドルを握る恵の横顔は、目に見えて明るくなった。

「良かったなら良かった。きっと貴海さんのお力で、昴の成績もどんどん上がるわね」

恵がハンドルを切り、左折した車は滑《すべ》るように走り出す。上機嫌な母の運転に、別人に勉強をみてもらっている真実は伏せておこうと昴は口をつぐんだ。

昴は数十分前のことを思い出す。美空との会話が終焉《しゅうえん》を迎え、昴が半分に割ったたい焼きの片方を食べ終えた時、鼻歌を口ずさみながら貴海が和室に戻ってきた。

『じゃあ昴、残り半分のたい焼きを賭け、僕と勝負しようか』

貴海の言葉は勧誘だが行動は強引で、気づけば首根っこを掴まれ、昴は居間に連行されていた。そして貴海とゲームで対戦した結果、昴は早々に大敗を喫し、残りのたい焼きを献上するはめになった。

『もしかして、手加減するとでも思った？』

信じられない大人げないと騒ぐ美空を軽くいなし、貴海は楽しそうに笑った。

『受験なんていう大人が決めたシステムで戦う以上、そんな甘えは許されないよ』

その時、変な人だと思った。行動はめちゃくちゃなのに、言うことは理にかなっていなくもない。だから昴は結論を出した。安住貴海は正しくはないが、間違ってもいない、カミ様とは程遠い変な人物だと。

それに反し、美空は普通の常識人で、大智は頭の良い良識人だ。だからたぶん、貴海ではなく大智に勉強を教えてもらうのは、正解なのだろう。

「ねえ昴、さっきから気になっていたんだけど、あなた甘くて良い匂いがするわね」

信号で車を止め、恵はすんと鼻を鳴らした。まだたい焼きの匂いが残っているのかと、昴は制服の裾《すそ》をパタパタと振った。

「たい焼き、もらった。差し入れだって」

本当は一度もらって半分取り上げられ、それを不憫《ふびん》に思ったらしい美空から半分分けてもらって、一匹完食したのだが。

「あらそう。じゃあ今度お礼をしないとね。貴海さんは何が好きなのかしら」

恵はうきうきとハンドルを握り直す。何でも好きだと思うと答え、昴は窓の外へと目をやった。

「お母さんは、たい焼き、どうやって食べる?」

同じように信号待ちをしている歩行者たちを見ながら、昴は尋ねた。

「どうしたの?　急に」

「今日、そういう話が出たから」

「そうねえ。私は半分に割って、真ん中から食べるかしら」

「僕と一緒だ」

当然と言えば当然だ。昴の食べ方は、恵を倣《なら》ったものなのだから。

「それでお母さん、半分にした残りを、よくお父さんにあげて、二人で一匹を食べてたよね」

右折してきた車のヘッドライトが、車内を眩《まぶ》しく照らし出す。だがほんの一瞬の出来事で、すぐに車内は元の暗さへと戻った。

「……そうだったかしら」

信号が変わると同時、恵が独り言のようにつぶやく。発進した車は我が家へ向かい、夜の道を走り出した。昴は光の残像を消し去るために、ぎゅっと強く目を閉じた。

3

昴の家庭教師を始めて二週間が経った。初めに決めた通り、大智が勉強を教えるスタイルで未だに依頼は続行されている。どうやら美空の予想に反し、昴は現状を恵に話していないらしい。

一方、貴海は受験に勝つための精神鍛錬と称し、ゲームで昴をこてんぱんにしたり、境内《けいだい》や本堂の掃除をさせたりと、好き勝手なことをしている。美空としては、いつ昴が恵に告げ口をするかヒヤヒヤしているのだが、今のところそういう気配はない。

（良い子というか、自分の意志がないというか）

本堂の前の階段に腰を下ろし、美空は膝に頬杖をついた。少し離れた境内では、貴海の指示の下、昴が箒《ほうき》で枯葉を集めさせられている。

「なあ、今日は何してるんだ？」

夕飯の下準備が終わったのか、大智が姿を現した。

「落ち葉で焼き芋を作るんだって。瀬崎くんが昴くんの勉強を見ている間、私も手伝わされたもの」

その情熱を別のものに向けられないのかと、美空はげんなりする。

「ちなみに兄さん曰く、美味しい焼き芋は焦《あせ》らず時間をかけて作るのがコツで、昴くんに焼き芋作りを通し、結果を出すには努力をし続けるしかないっていう現実を説《と》くのが目的らしいわよ」

「それは……嘘だろ」

「うん。単に自分が食べたいだけだと思う」

美空が溜息をつくと、焚火から離れた貴海が、てくてくと歩いてきた。

「じゃあ美空、後は任せたよ」

美空の前に立つと、貴海は相好《そうごう》を崩した。

「今追加した落ち葉が燃え尽きて灰になったら、そのまま待機。間違っても僕がいいと言うまで、芋を取り出したら駄目だからね」

「ちょっと待って。私が焼き芋番？　兄さんは？」

「僕はほら、大智の料理の味見をしないと」

「いや、味見とか必要ねーし。そもそも焼き芋食って、飯も食うんですか」

「それはそれ、これはこれ。心配しなくても大丈夫」

そう言うと貴海は大智の背を押し、強引に場を後にする。残された美空は仕方なく、焚火前にぽつんと一人でしゃがんでいる昴のもとへと急いだ。

「大丈夫？　寒くない？」

隣にしゃがみ込み、美空は尋ねた。

「私が見てるから、昴くんは中に戻っていいよ」

「寒くない、ので、大丈夫です」

昴はじっと食い入るように、燃える落ち葉を見ている。もしかすると焚火をするのが初めてなのだろうか。

「昴くん、焼き芋は好き？」

「はい。好き、です」

「じゃあたくさんできるから、持って帰ってね。恵さんにも、この前のシフォンケーキのお礼に」

「はい。ありがとう、ございます」

ぎこちないが、昴との会話が続くことに美空は少し安堵した。もう少しスムーズに話せると嬉しいのだが、それにはまだ時間が必要だろう。

『たぶんいろいろ、すげえ考えて話しているんだろ』

数日前、大智が言っていた。

『これは言っていい。これは言わない方がいい。そういうことを考えながら、感情じゃなく理性で話してる。ガキのくせに、お前とは正反対だな』

最後の指摘は余分だが、話を聞いた時なるほどと思った。確かに昴は会話をする際、一呼吸置き、言葉を選んでいる感じがする。ただそれは昴が賢いからではなく、別の理由があるような気がするのだが。

「恵さんって、お菓子作るの上手よね。シフォンケーキも、その前のブラウニーも、すごく美味しかった」

「はい。小さい頃から、おやつはいつも、お母さんの手作りです」

「いいな。うちはそういうの、あんまりなかったもん。お寺のことで忙しかったせいもあるだろうけど、基本的にうちのお母さん、不器用だったから」

「お母さん？」

どこか不思議そうに昴は単語を口にする。今まで何度か家に来ているが、一度も姿を見たことがないからだろう。

「二年前に死んじゃったんだけどね。交通事故で」

昴に気を遣わせないため、できるだけ平然と美空は答えた。だが何かを感じ取ったのか、昴はごめんなさいと小声で告げる。

「じゃあ、お父さんは？」

父へと話題を変えたのは、昴なりの気遣いだったのかもしれない。だが父の方も複雑な事情があるので、美空は返答に躊躇《ちゅうちょ》した。

「お父さんは、家にいないの」

嘘も隠し事も苦手なため、美空はわかっている事実のみを話すことにした。

「お母さんが死んじゃってから、家を出て行ってしまって。兄さんの言葉を借りると、大人げなく家出の真っ最中」

父が今、どこで何をしているのかは不明だ。それでもあえて失踪という言葉は避け、美空は説明した。

「だから今、家にいるのは兄さんと私だけ。あんなだけど一応、兄さんが私の保護者って感じ」

　最後の落ち葉がぱちりと音をたて、燃え尽きる。幾層にも積み重なる灰の中、焼き芋は完成に近づいているだろうか。

「お父さん、帰ってくると、思う？」

　熱を放つ灰を見つめたまま、昴はつぶやいた。

「うん。思ってるよ」

「なんで？」

　間髪を容《い》れず放たれる問い。少し考えたが答えがまとまらず、美空はありのままを口にする。

「上手く言えないけど、理屈じゃないの。かと言って感情でもない。そもそもお父さんがなぜ家を出て行ったのか、想像はできても真相はわからない。それでも私は、お父さんは帰ってくるって信じてる。だってお父さんは、そういう人だから」

　たぶん信じているのは、親子の絆や血の繫がりではない。ずっと身近で見てきた父の人間性だ。

「……違う、と思う」

　じゃりっと足元の地面を踏みしめ、昴は立ち上がった。

「信じてる、だけで、何もしていない。結果を出すには、努力しないと、いけないのに」

初めて聞く昴の反論に、美空は瞬《まばた》きをした。これは焼き芋作りにかこつけた貴海の戯言《ざれごと》ではなく、正真正銘、昴の意見だ。

「ごめんなさい」

ぺこりと頭を下げると、昴は走って家へと戻ってしまう。風に舞った灰がさらさらと、空に上って消えていった。

それから数日後、美空は昴の意外な姿を目撃することになる。

その日は便利屋の仕事で、学校帰りに美空はいつも使用しない駅に降り立った。依頼は書店で開かれる漫画家のサイン会でサインをもらってくることだ。依頼人は貴海の個人的な知り合いで、今日のために有休を取るつもりだったが許可が下りず、泣く泣く便利屋に仕事を頼むことにしたらしい。

サイン会はあらかじめ整理券が配布されていたため、美空はわりとスムーズにサインを手に入れることができた。ただ依頼人のリクエスト通り、とあるキャラクターのラフ画を描いてほしいと頼んだところ、「そんなマニアックなキャラを選ぶなんて」と周囲から感嘆の目で見られ、大いに恥ずかしかったのだが。

依頼を終えた美空は、書店のある駅ビルの8階から1階へと下りた。連絡通路を渡り、駅構内へと足を踏み入れたところで、美空は立ち止まった。見慣れない景色に、見知らぬ人々が行き交う中、見覚えのある昴の姿が目に入ったからだ。

「昴く」

だが声をかけようと歩き出した美空の足は、再び止まった。人波から外れた昴は、見たことのない制服を着ていたからだ。

いつも学校から直接安住家へ来る昴の制服は、紺色のブレザーだ。だが今の昴はグレーの詰襟《つめえり》の制服を着ている。

（なんで？　制服が二種類あるとか？）

美空はぐるぐる考えている間に、昴を見失ってしまった。もしかして別人？　それとも見間違い？　すっきりしない気分で美空は辺りをうろつき、昴を捜してみる。

するとまた、唐突に昴が現れた。今度は見慣れた紺色のブレザー姿だ。とっさに柱の陰にかくれてしまった美空に気づくことなく、昴はすたすたと歩いていってしまう。気になって美空が昴の歩いてきた方を見てみると、コインロッカーとトイレがあるだけだ。そうなると昴はコインロッカーに預けてあった制服に、トイレで着替えたということだろうか。

（でも、なんで？）

答えの出ない疑問に美空は首をひねる。改札を抜けた昴の姿は人波に紛《まぎ》れ、もう見えなくなってしまった。

その日の夜、風呂上がりの美空は居間のソファに正座し、思い切って大智に電話をかけてみた。

「瀬崎くんは、どう思う？」

今日見た出来事を説明し終え、美空は尋ねる。大智は少し考えてから応じた。

「お前が見た制服は、たぶんS小のだな。S小はそこそこ有名な私立小学校だけど、T小に比べるとレベルも知名度もワンランク下の学校だ」

「そうなんだ。じゃあなんで昴くんはわざわざ、言い方は悪いけど、格下の学校の制服を着ているのかな」

「だから、逆なんじゃねーの？　昴が本当に通っているのはS小で、わざわざ格上のT小の制服に着替えてる。そう考えるのが自然だろ」

「ええ？　なんで？」

「オレに聞くなよ。そんなもん、本人じゃねーとわかんねーし。ただ今日は家庭教師のない日だから、安住家に来るために着替えてるってわけじゃなさそうだな」

「そっか。でも恵さんは、どう思ってるんだろ。初めて二人で家に来た時から、昴くんは

てことでしょ？」

T小の制服を着てる。つまり恵さんは昴くんの制服着替えを知っていて、容認しているっ

「うーん、そうなると昴個人というより、親も含めた問題になってくるな。とりあえずま
ず、貴海さんに相談しろよ。仮定と推測だけじゃどうしようもねーからな」

「それはまあ、そうだろうけど」

風呂上がりのため、いつにも増してまとまりのないクセ毛を引っ張りながら、美空は唇を尖《とが》らせた。

「兄さん、今いないんだもん。今日は帰りが遅くなるって」

「へえ、珍しいな。便利屋の仕事関係か？」

「関係なくはないかな。以前に受けた依頼で、料亭『霧里《きりさと》』の新作メニュー作りを兄さんが手伝ったの。そのメニューが大好評らしくて、上機嫌な女将《おかみ》さんから接待を受けているのよ」

「で、お前はそれに誘われないと」

「仕方ないわよ。私はその件に関わっていないもの」

新作メニュー作りに携わったのは、貴海と当時便利屋にいた紗妃《さき》だ。よって今日、接待を受けたのは貴海と紗妃なのだが、二人きりだと何かと誤解を生むという理由で仁《じん》が呼び出され、なぜかついでに菊地《きくち》も加え、今頃大人四人で高級料理と上質の酒を堪能している

に違いない。

「なるほど、そういうことか」

数々の料理に想いを馳《は》せていた美空は、冷めた大智の声で我に返った。

「なんでお前がこの時間にオレに電話をしてきたのか、その理由がわかった。要するに昴のことを貴海さんに相談したいのにできなくて、この時間まで一人で悩んでみたものの、やっぱり我慢できなくて、誰かに話したくて、仕方なく代わりのオレに電話してきたんだろ。ブラコン」

「ねえ、なんか最後に余計な言葉が聞こえたんだけど」

美空は顔を引きつらせた。ただ大智の言うことはあながち間違っていないのが、余計に腹立たしい。

「わかったわかった。とりあえず今日遅くでも、明日早くでもいいから、昴のこと貴海さんに話しておけよ。ブラコン」

「だから、さっきからブラコンって」

「オレも明日の家庭教師の時は、昴を気にしておくから。じゃあな、ブラコン」

「ちょっと」

ブツッと通話が一方的に切れる。無言の携帯を見つめ、怒りのやり場のないままに美空は怒鳴った。

「私はブラコンじゃないって言ってるでしょうがっ！」

全力の否定はただ虚《むな》しく、一人きりの居間に響き渡った。

4

翌日の木曜日、昴はいつも通り、T小の制服でやって来た。

特に変わった様子もなく授業を受け終えた昴は、美空の出した紅茶とクッキーを口にしながら、大人しく恵の迎えを待っている。その対面に座り、紅茶が冷めていく中、美空と大智は無言で視線のみの攻防を続けていた。

（瀬崎くん、何か言ってよ）

（オレじゃなく、お前が言えよ）

肝心の貴海は今、便利屋の仕事で外出中だ。貴海には昨夜、日付が変わる少し前に帰宅した際と、念のため今朝にも昴のことを話してある。ただ昨夜は眠気、今朝は食い気を隠しきれていなかったので、真剣に話を聞いていたかは微妙なところだ。

「ただいまー」

すっかり紅茶が冷めた頃、貴海が帰ってきた。密《ひそ》かに安堵した美空だったが、和室に現れた貴海の姿を見てぎょっとした。貴海は法衣《ほうえ》に袈裟《けさ》と、僧侶の格好をしていたのだ。

「今日は便利屋じゃなくて、寺の用事だったんですか？」

言葉を失った美空に代わり、大智が尋ねる。貴海は笑顔で首を振った。

「いや、便利屋の仕事だよ。今日の依頼は悩み相談で、この格好は依頼人のリクエスト。なんでも普段着の僕より、視覚的効果で言葉に説得力が増すんだってさ」

大智は顔を引きつらせるが、この手のリクエストはたまにある。そもそも女性陣が法衣や袈裟を貢いでくるのは、貴海の僧侶姿を見たいという願望があるからだ。本物の僧侶でもないくせにと、美空はコスプレにしか見えない兄の姿に肩を落とした。

「まあどんな格好をしようと、僕は僕に変わりないんだけどね。実徳を以《もっ》て見るべし、外相外徳を以て見るべからず。大切なのは外見じゃなく、内面の徳だからさ」

貴海は偉そうに胸に手を当てる。美空と大智は冷めた目で、それを見つめた。

「だから昴、わざわざ制服を着替えて家に来る必要はないよ。そのままS小の格好でおいで」

突然の話題転換に美空と大智は固まった。昴は一つ瞬きをし、貴海を見上げる。

「美空が昨日、見たらしいよ。昴が別の制服を着ているところ」

視線と一緒に話を振られ、仕方なく美空は口を開く。

「偶然、駅で見かけたの。昴くん、本当はS小に通っているの？」

問いかけに、昴は考え込むようにうつむいた。何度か開きかけては閉じた唇が、やがて答えを発する。

「そう、です」

　小さいが、はっきりした声で昴は応じた。

「僕が通っているのは、S小です」

「じゃあなんで、T小の制服を？」

「本当はT小に、行くつもりだったから」

　今度の質問には、すぐ答えが返ってきた。

「でも試験に落ちて、S小に通うことになりました。僕がT小を受験することを、近所の人たちは皆、知ってました。それなのにT小に落ちて、S小に通うなんて知られたらカッコ悪い。だからT小の制服を着て、途中でS小の制服に着替えて、学校に行くことにしました」

「つまり近所の人たちにT小に通っていると思わせるために、制服を着替えているってこと？」

「はい。去年までは、お母さんが車で送り迎えしてくれていたけど、四年生になって、一人で電車通学するようにしたから」

「母親はそれに対して、何て言ってるんだよ」

　苛立ちを押し殺すように、大智はぶっきらぼうに尋ねた。大智は両親との関係があまり良好ではないらしいので、この手の話は腹が立つのだろう。

「お母さんは、僕の、好きにすればいいって」

大智は息をつき、放任かよと苦々しくつぶやいた。

「ねえ昴くん、もう止めた方がいいよ」

重苦しくなる空気を払いのけ、美空は思ったことを口にした。

「そんなふうに嘘をついて、周りを騙《だま》して辛くない？」

「別に、平気です。卒業するまでの、ことだから」

「駄目だよ。そんな嘘、絶対に良くない」

「どうして？」

うつむいた顔を上げることなく、昴は問いかける。美空は困って眉を寄せた。

「だって嘘をつくこと自体、良くないことでしょ？」

「だから、どうして、嘘をついたら、駄目なんですか？」

そこで初めて顔を上げ、昴は美空を見た。

「誰にも迷惑をかけない嘘を、つくことの、何がいけないんですか？」

意外に幼い二つの瞳に捉《とら》えられ、美空は言葉につまった。昴の求める答えは一般的な道徳ではない。

「嘘をつくと、心が疲れるからだよ」

今まで成り行きを見守っていた貴海が、代わりにさらりと答えた。

「人は長生きせんと思えば、嘘を言うべからず。嘘は心を遣《つか》いて、少しの事にも心を労せりってね」

入り口に寄り掛かっていた身体《からだ》を起こし、貴海は昴の隣に座り込む。

「ここ何日か昴のことを見てきたけど、昴は真面目で素直な性格だと思うよ。僕に誘われれば苦手なゲームもするし、ちゃんと敗北も受け止める。寺の掃除も雑用も、任せたことはきちんとやるしね。だからそんな昴が自分の体裁とかプライドを守るために、嘘をつくとは僕には思えない」

貴海は手を伸ばし、昴の左頰をつまんで引っ張った。多少強引だが、必然的に昴は貴海と顔を合わせることになる。

「さっき美空が嘘をついて辛くないかって訊いた時、昴は『辛くない』じゃなく『平気だ』って答えたね。それは昴にとって、嘘をつくよりもっと辛いことが他にあるからなんじゃないのかな」

昴の頰をつまんだまま視線を重ね、貴海は正面から問いかける。

「昴が心をすり減らしてまで、本当に守りたいものは何なんだろうね」

頰を放されても昴は動かなかった。顔も視線もそらすことなく、ただ貴海を見ている。

その小さな身体の内では、嵐が荒れ狂っているように思えた。年齢にそぐわない強固な理性で抑え続けてきた感情が、もう限界なのだと、行き場を求めて溢《あふ》れ出ようと暴れている。

「……僕が、T小を受験するって決まってから」

やがて昴は話し始めた。

「お父さんとお母さんの仲が、だんだん悪く、なりました」

だがまだ感情と理性はせめぎ合っているようだ。昴は途切れ途切れに言葉を繋ぐ。

「お母さんは、僕の受験中心の生活になって、お父さんのことは、ほったらかしにしてた。お父さんは仕事でトラブルがあって、大変みたいだったけど、受験が終わるまではって、ずっと我慢してた」

安住家を訪れた初日、恵が貴海しか見ていなかったことを美空は思い出す。恵は何かに夢中になると、他のことが目に入らなくなってしまうタイプなのかもしれない。

「でも僕は、T小に合格できなかった。お母さんは、こんなにがんばったのにって、僕よりすごく落ち込んだ。そんなお母さんに、お父さんは文句を言った。当事者の僕より、お母さんが落ち込んでどうするんだって。そしたらお母さんも、言い返した。受験に失敗したのは、お父さんが仕事を言い訳に、協力しなかったからだって」

そこから先は容易に想像できた。昴の両親は相手の立場を考慮することなく、一方的に自分の正当性を振りかざし、互いに非難し合ったのだろう。

「ケンカはどんどん、ひどくなった。僕の受験のことなのに、二人とも、僕のことなんて忘れてるみたいだった。それで、お父さんが言ったんだ。受験失敗で、T小に落ちたなんて、恥ずかしくて近所を歩けないって」

それは過熱した夫婦喧嘩の末の失言かもしれない。でも昴は間違いなく傷ついたはずだ。

「その後、僕は滑り止めだったS小に、通うことになった。お父さんとお母さんの仲は元通りにならなくて、同じ私立でも、やっぱりT小じゃないとダメなんだって思った。そんな時、お母さんが合否の決まる前に内緒で買っていた、T小の制服を見つけて思いついたんだ。僕はT小には通えないけど、これを着て毎日学校に行けば、せめてお父さんに恥ずかしい思いをさせなくて済む」

昴は小さな手で、ぎゅっと制服の裾《すそ》を握り締めた。

「T小の制服を着る僕を見て、お父さんもお母さんも複雑な顔をしてたけど、何も言わなかった。それで僕が二年生になった時、お母さんが塾の先生に勧められて、W中を受験しないかって言ってきた。W中に合格すれば、T小に入れなかったことなんて、気にならなくなる。そう言われて、W中を目指すことにした。僕がW中に通うようになれば、お母さんだけじゃなく、きっとお父さんも喜んでくれると思ったから」

一度言葉を切り、昴は項垂《うなだ》れた。

「でも一生懸命勉強しても、あまり成績は伸びなかった。お母さんはまた、僕の受験のことしか考えなくなった。お父さんとお母さんの仲は、ますます悪くなって、顔を合わせる度にケンカしてた。そして三年生の終わりに、二人は今までにないくらい、ひどい大ゲンカをした。お互いに顔も見たくないと言い合って、お父さんが、家を出て行った。その日からもうずっと、僕はお父さんに、会っていません」

ふいに美空の脳裏に、昴との会話が甦《よみがえ》った。何にも興味を示さなかった昴が、唯一好きだと語ったもの。父親に教えてもらったフットサル。

「全部、お父さんのためなの？」

昴の痛々しい真意に、美空は拳を握り締めた。

「T小の制服を着続けるのも。W中合格を目指すのも。そうすればお父さんが、帰ってくると思って？」

こくんと昴は頷く。それは嘘偽りのない答えだ。

「僕は小学校を卒業するまで、T小の制服を着る。その後はW中に受かれば、きっと全部、上手くいく」

自分に言い聞かせるように、昴は告げた。

「お父さんのためにも、今度は絶対に、失敗できない。だから僕を、W中に合格させて下さい」

昴は貴海に向かって頭を下げる。昴の抱えた事情を理解し、美空は詰めていた息を吐いた。

『信じてる、だけで、何もしていない』

以前、失踪した父のことを話した時、昴は言った。

『結果を出すには、努力しないと、いけないのに』

言葉の裏で昴は訴えていた。僕は努力している。お父さんが帰ってくるように、嘘の制服を着て、難関中学合格を目指している。

でもそれは努力と呼べるのだろうか。偽りの土台の上に積み重ねていったものは、いつか根本から崩れてしまうのではないだろうか。

「私は違うと思うよ」

だから美空は声を出した。

「昴くんのしていることは努力じゃない。ただの我慢だよ。上手く言えないけど、努力ってもっと前向きなもので、そんなふうに自分を押し殺すものじゃないと思う」

このまま進んでも、昴の望む未来には辿りつかない。そのことにまず昴自身が気づかなければ。

「なあ、昴」

うつむいたままの昴に、仕方ないというふうに大智が声をかけた。

「お前、目の前にいる人のこと、何だと思ってるんだよ」

昴はのろのろと顔を上げ、貴海を見た。そして少し困ったように首を傾げる。

「……師匠？」

「まあ不正解じゃないけど、正解でもねーよ。そんな格好をしてるけど、貴海さんは本物の僧侶じゃない。かと言ってお前の母親が妄信するようなカミ様でもない。貴海さんは自称お前の師匠で、便利屋だ」

ぱちぱちと昴は瞬きをする。大智の言葉を脳内で整理しているように見えた。

「便利屋は何でも屋だ。可能な依頼は全て引き受ける。だからもう一度、ちゃんとやり直せ。お前が今、本当に頼みたいことは、W中の合格を掴むことじゃねーだろ」

それだけ言うと大智は口を閉ざす。問題は提起した。後は昴が答えを出すのを待つだけだ。

「うん。大智は本当に、昴の良い先生だね」

満足げに頷き、貴海は昴に向き直った。

「母や父や親族が、たとえいかなる助けをなすとも、正しき心にてなせることに勝れるものはない。つまり大切なのは、ここだよ」

とんっと昴の胸に拳を当て、貴海は続ける。

「頭で考えず、ただここで想ったままを言えばいい。昴は僕に、何をして欲しい？」

美空は祈るような気持ちで昴を見つめた。貴海の体温だけでなく、皆の想いも昴の胸に届いて欲しい。抑え続けた感情の出口は、今ここにあるのだから。

「……会いたい」

やがて出口を見つけた感情は、言葉となって昴の口から零《こぼ》れ落ちた。

「僕は、お父さんに会いたい」

それは初めて聞く生身の昴の声だった。もし声に色があるとしたら、今まで白黒だった音に色が付き、深みが増したように。

「うん。父子の対面が昴の依頼だね」

ぽんぽんと昴の頭を軽く叩き、貴海は安心させるように笑顔を見せた。

「心配しなくてもその依頼、一時間以内に遂行してみせるよ」


「これはまた、絶品だなあ」

貴海は子供のように、恵の手作りアップルパイを頬張る。そんな兄の姿に美空は拳を握った。さっき昴に格好良いことを言ったのはどこの誰だと、心からつっこみたい。

「ありがとうございます。でも別に、大したものではないんですよ」

もじもじと謙遜する恵の頬はリンゴのように赤く染まっている。大したことはないと言いつつ、毎度持ち込まれる恵の手作りデザートは、かなりの出来栄えだ。

ただ美空がいくら単純でも、これからのことを考えると、さすがにアップルパイを味わう気にはなれない。昴も同じ気持ちなのか、恵の隣で身体を固くして座っている。早々に同席を辞退した大智は、ある意味賢明だったかもしれない。

(でも本当に、来るのかな)

こっそり美空は時計に目をやった。貴海が昴の携帯から父、衛《まもる》にメールを送って直に一時間になる。貴海は自信満々だったが、果たして宣言通り衛は現れるのだろうか。

「じゃあ昴、そろそろ帰りましょうか」

ハンドバッグを手に、恵が立ち上がりかけた時だった。ピンポン、とインターフォンが鳴った。

(来た!)

美空は即座に立ち上がる。同時にインターフォンが連打された。

ピンポンピンポンピンポンピピピピ……。

「行きます!　今行きますから!」

鳴り止まない音に美空は全速力で玄関へ向かう。そのまま裸足《はだし》で土間に飛び降り、引き戸を一気に開け放った。

「昴は?」

風と共に中に入ってきた男性は開口一番そう言った。荒い呼吸に乱れた髪、放たれる熱気が、ここまでの彼の全力疾走を物語る。

「えっと、昴くんのお父さんの、藤木衛さんですよね？」

　念のために確認すると、衛は何度も首を縦に振った。年齢は三十代半ばから後半だろうが、すっきりした顔立ちとスーツを身にまとった体軀《たいく》は若々しく、「おじさん」ではなく「おにいさん」と呼ぶ方がしっくりくる感じだ。

「それで息子は、昴はどこに？」

「昴くんは和室にいます。廊下の突き当たり、右の」

「失礼」

　美空の言葉を最後まで聞かず、靴を脱ぎ捨てた衛はずんずんと廊下を進む。慌てて美空も後を追った。

「昴！」

　襖《ふすま》の開いたままだった和室に入ると、衛は昴に駆け寄った。

「良かった……とりあえず無事なんだな？」

　昴の両肩を摑んだ衛の身体から、安堵したように力が抜ける。昴は不思議そうな顔をしつつも、こくんと一つ頷いた。

「あの、一つよろしいでしょうか」

　思い切って美空は口を挟んだ。貴海を除く全員が頭にクエスチョンマークを浮かべている以上、誰かが現状を解き明かさなければ。

「衛さんはどのようなメールを受け取り、ここにいらしたんですか？」

衛の来訪は、昴の携帯から送られた貴海のメールがもたらしたものだ。その内容を知るのは貴海と衛だけである。

「すみません、取り乱してしまって」

少し気まずそうな表情で、衛は頭を下げた。

「昴が急に倒れて、朦朧《もうろう》とする意識の中、私を呼んでいるとのことだったので……」

美空は反応に窮し、強張《こわば》る顔を貴海に向けた。昴に嘘は良くないといいつつ、こんなにわかりやすい嘘メールで衛を呼び出すとは。

「いいえ、こちらこそ申し訳ありません。少し大げさなメールを送ってしまいました」

言葉とは裏腹に、貴海は悪びれる様子もなく衛に微笑みを向ける。

「でも昴があなたを呼んでいたのは本当です。便利屋の僕に、お父さんに会いたいと依頼をしたくらいですからね」

衛は騙されたことを怒るでもなく、呆《ほう》けたように貴海を見ている。貴海の笑顔にやられたのか、現状が理解できていないのか、どちらとも取れる微妙な表情だ。

「昴、あなた貴海さんに、そんなことを頼んだの？」

夫に代わるように恵が声を発した。先程までの恥じらう乙女はすっかり姿を消し、恵は完全に母親の顔になっている。昴がうつむきながらも頷くと、恵は溜息をついた。

「貴海さん、息子の我《わ》が儘《まま》に付き合わせてしまって申し訳ありません。昴も謝りなさい。皆さんをこんな、くだらないことに巻き込むなんて失礼でしょう」

頭を下げた恵は昴に対して厳しい声を出す。昴は相変わらずうつむいたままで、衛は居心地悪そうに身動ぎをした。

「くだらないことじゃないです」

全員の視線が、一斉に美空に向く。それで初めて、美空は思ったままを口に出していたことに気がついた。

「兄さんのメールはともかく、昴くんがお父さんに会いたいという気持ちは本物なんです。それは全然くだらないことじゃないし、謝る必要だってないと思います」

引くに引けなくなり、美空は本音を語る。すると衛は安心させるように、昴の頭に手を置いた。

「謝るのは昴ではなく、私の方です。昴がどこまで話したかは知りませんが、我が家の問題に関わらせてしまって申し訳ありません」

衛は深々と頭を下げる。とたんに恵は眉を寄せた。

「何よそれ。まるで私へのあてつけじゃない」

「そういうつもりじゃない」

昴の頭から手を放し、衛は恵を見ることなく告げる。

「今回のことは、オレの行動に責任がある。だから昴を責めるなと言っているだけだ」

「ええ、そうね。自分が悪いという自覚があるのなら、さっさとここから出て行って」

冷たく言い切ると、恵はふいっと横を向く。隣で昴が悲痛な顔をしているが、衛への怒りのため、その存在を忘却しているようだ。

「衛さん、一ついいでしょうか」

恵の言葉を受け、本当に帰りかける衛を貴海が引き留めた。

「久しぶりに再会した昴に対し、かける言葉はないですか？」

貴海に促され、衛は昴に視線を落とす。その眼にすぐに戸惑いが浮かんだ。

「昴、まだT小の制服を着ているのか？」

冷静さを欠いていたためか、今まで衛は昴の制服の違いに気づかなかったらしい。昴はますます小さくなり、衛は質問の矛先を恵へと変えた。

「恵、いつまで昴にこんなことをさせるんだ」

「勝手な誤解しないで。私が強制しているわけじゃないわ」

相変わらず棘《とげ》のある物言いで恵は応じる。

「昴が自主的に着ているのよ。私はただ好きにさせているだけ」

「はい、それが今日の本題です」

険悪な場の空気を変えるように、貴海はパンと手を打った。

「恵さんはなぜ、昴がT小の制服を着ていると思いますか？」

「それはその、T小にどうしても入りたかったからだと思います」

嘘が露見したことが心苦しいのか、貴海と目を合わせることなく恵は答える。貴海は気に留める様子もなく続けた。

「なるほど。では昴、正解は？」

答えを振られた昴は一瞬、身体を固くする。だが意を決したように顔を上げた。

「お父さんが、前に言った。受験失敗して、T小に落ちたなんて、恥ずかしくて近所を歩けないって」

衛の顔色がさっと変わる。自分の失言が息子の嘘の引き金になったと察したようだ。

「ごめん、昴。そういうつもりで言ったわけじゃないんだ。ただお母さんとケンカして、カッとなって思わず言ってしまったというか」

「何なの？　また私のせいにするの？」

再び恵は非難の声を上げた。

「あなた、いつもそうよね。自分が悪いって言いながら、けっきょく私を責めるのよ」

どうやら久しぶりに会った夫に対し、恵の蓄積した不満と怒りは留まることを知らないらしい。そしてそれは衛の方も同じようだった。

「別にお前を責めているわけじゃない。ただそう感じるのは、自分にやましいところがあるせいじゃないのか？」

険しい表情で衛は言い返した。

「そもそもお前が先走って合格前にT小の制服を買ったり、不合格後も未練がましく制服を取っておいたりしなければ、昴がT小の制服を着るなんてこともなかっただろ？」

「それこそ責任転嫁よ。昴がT小の制服を着るようになったのは、あなたのくだらない一言が原因なんじゃない」

激しくなる口論に美空は狼狽《うろた》えた。美空の両親は父が寡黙で母が能天気だったためか、喧嘩らしい喧嘩をしていたところを見たことがない。しかも他家の夫婦喧嘩の仲裁となると、さすがに荷が重すぎる。

どうしよう。焦った美空は助けを求め、隣の貴海を見て愕然《がくぜん》とした。目の前で夫婦喧嘩が繰り広げられているというのに、貴海は涼しい顔で美空の手つかずのアップルパイを食べている。それを見た瞬間、美空の中でプツンと理性の糸が断ち切れた。

「もういいよ！」

そして突如、和室に悲痛な声が響き渡った。見れば両手を握り締め、昴が肩で息をしている。

「全部僕が悪いんだ！　僕がT小に落ちたから、うちはめちゃくちゃになったんだ！」

衛と恵は驚いた表情で昴を見つめている。両親の視線を受け、昴はひっくと嗚咽を漏らした。

「お父さんは悪くない。お母さんも悪くない。悪いのは僕だ。だからもう、二人はケンカしないでよ……」

昴の両目から、堪《こら》えきれずに大粒の涙が零《こぼ》れ落ちる。それを見た衛と恵は同時に昴に手を伸ばした。だが互いに視線がかち合い、相手が同じ行動を取ろうとしたことを認識すると、二人は手を引っ込める。目の前の一連の出来事に美空の理性は完全に消え去った。

「いい加減にして下さいっ！」

両手で机を叩き、美空は立ち上がった。

「私には夫婦の問題はわかりません！　でもそれは今、目の前で泣いている昴くんに手を差し伸べるより、優先されるものなんですか？　誰かを思いやる気持ちより、重要なことなんですか？　もしそうなら昴くんは、うちで預かります！　昴くんを傷つけるだけのあなたたちと、これ以上一緒にいさせたくありません！」

思いの丈を言い放ち、美空は大きく息をついた。やってしまった。言ってしまった。

様々な想いはあるが、不思議と後悔だけはなかった。

（だって、これしかないもの）

涙目でぽかんとする昴に美空は頷いてみせる。泣いたり、怒ったり、叫んだり。そうやって生身の感情を武器に、子供は戦っていくしかないのだ。

「……だめよ」

小さく、でもはっきりと恵は告げた。

「昴はうちの、私の子よ。どこにもやらないわ」

恵の言葉に、衛も無言で同意する。二人の手が昴の背に添えられていることに気づき、美空はどこか安堵した。夫婦仲がどうであれ、恵も衛も昴を大切に思っている。

「ではここで一旦、話を整理しましょう」

空になった皿を机の端に寄せ、貴海は美空の服を引っ張った。油断していた美空は座布団に派手に尻餅をつく。

「まず昴がT小を受験すると決まった経緯を教えて下さい」

痛みに悶絶する美空を無視し、貴海は話を進める。姿勢を正し、恵が答えた。

「昴の通う幼稚園では、小学校受験する子が多かったんです。それで私も周りに勧められて、やっぱり昴には環境の整った学校でのびのび過ごして欲しいと思い、T小受験を決めました」

「なるほど。衛さんは？」

「私は恵の話を聞いて、賛成しました。T小は名門校だし、昴が社会に出た時、何かと有利になるかと思ったので」

「つまりお二人とも昴の将来を考えた上で、小学校受験を推奨したわけですね」

貴海の確認に、二人は同時に頷く。ちらりと昴に目をやってから、貴海は小首を傾げた。

「では実際、今の昴を見てどう思いますか？　より良い将来どころか、かなり最悪な日々を過ごしていると僕は思いますけれど」

ストレートな物言いに恵の顔が強張った。だが確かに今の昴は、とても幸せな環境にいるとは思えない。両親の不仲に苦しみ、偽りの制服を着て、自分の心を押し殺して毎日を過ごしているのだから。

「確かに将来は大切です。でも時は今、所は足元。今日という現在を健全に積み重ねることが、より良い将来に繋がると思いませんか？」

諭《さと》すように問いかけられ、恵は返答に困っているようだ。信奉する貴海の意見に心が揺れているのだろう。

「確かに今は、大切だと思います」

黙ってしまった恵に代わり、衛が声を発した。

「でも昴には、この先長い未来があるんです。それに比べたら、犠牲にする今という時はほんの僅《わず》かの間です。私の勝手な想いですが、私は昴に自分と同じような苦労はさせたくないんですよ」

ぽんと一度昴の背を叩き、衛はその手を離した。

「私は学生時代、サッカーに明け暮れて、勉強は疎《おろそ》かにしていました。その結果、一浪したにもかかわらず、入れたのは地方の二流の大学です。もちろん就職活動は苦戦しましたし、やっと入れた今の会社でも何かと苦労は絶えません。うちの会社は地元企業なので、地元の優良大学の派閥があり、それに入れないと出世や人事に不利なんです。正当な評価をされず、逆に他人のミスを押し付けられ、悔《くや》しい思いをしたことは数えきれません」

仁もよく会社の愚痴をこぼしているが、やはり大人の世界はいろいろと厳しいらしい。

それに引き替え、と美空は隣の貴海を仰ぎ見た。

「だから昴にはがんばって、今を乗り越えて欲しい。W中に合格するんだろ?」

衛の問いに昴は眉を下げた。W中に合格したい本当の理由は衛のためだ。

「そのためにはお父さん、昴の傍《そば》にはいない方がいいと思うんだ」

突然のことに昴は目を見開いた。昴の動揺が伝わるようで、美空も息を呑む。

「本当は、どこかで思っていた。昴がT小を落ちたのは、オレのせいじゃないかって」

昴だけではなく、恵にも伝えるように衛は続ける。

「T小は受験者本人だけじゃなく、親に対する評価も合否に大きく関わってくる。他の受験者たちを見る限り、昴も恵も遜色《そんしょく》なく渡り合っていた。ただ一人、劣っていたのは父親のオレだけだ」

「そんなこと、ないよ」

絞り出すように昴が否定する。だが衛は緩やかに首を振った。

「この先どうがんばっても、オレの社会的評価は変わらない。オレは昴の足手まといにしかならない駄目な人間だ。だから昴、ごめんな」

もう一緒にはいられない。そう告げると衛は立ち上がる。そのまま和室を出て行く衛に、昴は手を伸ばした。

「お父さん、待ってよ！」

だが昴は動けない。隣にいる恵がしっかりと腕を摑み、離さないからだ。

「お母さん、なんで？」

「仕方ないのよ」

硬い表情と声で恵は言った。

「あの人にはあの人なりの、考えと生き方があるの」

それは容認ではなく決別の言葉に聞こえた。廊下の向こうで、玄関の引き戸が閉まる音がする。衛は行ってしまった。昴を残して。

「……なんで？」

何も考えられないように、昴は同じ問いを繰り返す。的確な答えを出せる者は誰一人いなかった。

5

ホームルーム終了後、掃除当番の美空は機械的に箒を動かしながら、ぼんやりと昴のことを考えていた。

昨日、衛が立ち去った後、昴は目に見えて落ち込んでいた。恵に連れられて帰るまで、一言も発することはなく、真っ赤に充血した眼がひどく痛々しかった。

(どうしようも、ないのかな)

藤木家の問題には、いくつかの層がある。昴の嘘。受験失敗による夫婦仲の悪化、さらに父親である衛の別居。そしてそれらを一つずつ剝《は》いでいき、核となる中心にあるのが衛の学歴コンプレックスだ。そうなるともう、簡単に他人が口や手を出して解決できる問題ではない。

「え？　じゃあ今日の約束、ドタキャンされたの？」

ふいに耳に飛び込んできた声に、思わず美空は手を止めた。見れば黒板前でクラスメートの足立《あだち》と坂井《さかい》が、顔を突き合わせて話している。

「なんで？　ずっと楽しみにしてたじゃん。久しぶりのデートだって」

坂井に詰め寄られ、足立は困ったように苦笑した。

「うん。でも仕方ないよ。今は次の試合のことで頭がいっぱいみたい。私もそれ、邪魔したくないし」

　確か足立の彼氏はバスケ部だったはずだ。しおらしく語る足立の背を、励ますように坂井はばんと叩いた。

「わかった。じゃあ今日はケーキバイキングでもカラオケでも、とことんマキの好きなことをしよう。こういう時だからこそ、思いっきり楽しまないとね」

　二人は仲良く連れ立って、教室を出ていく。彼氏どころか友達すらいない美空にとって、眩《まぶ》しすぎる光景だ。

（こういう時だからこそ、か）

　無意識に美空は坂井の言葉を反復した。悲しかったり、落ち込んだり、傷ついたり。それでも自分のために、誰かのために、前を向かなければいけない時こそ。

（そうだ！）

　ぱっと閃《ひらめ》いて美空は急いで自分の席に戻った。鞄から携帯を取り出し、逸《はや》る心を抑えて検索をかける。キーワードはフットサルの大会だ。

『いつか、二人で、一緒に試合に出ようって』

　あの時の昴が思い描いていたのは、こんな現実ではないはずだ。そして今必要なのは、不確かな未来などではなく、確かに摑める明日に違いない。

「あった！」

ヒットした情報に美空は顔を輝かせる。そして思い付きを現実にするために、すぐに貴海と大智にメールを送信した。

＊

昴は通っているＳ小が好きではない。

もともと滑り止めにと言われて受けた学校だし、入学してから今まで、ここが自分の居場所だと思えたことは一度もない。クラスメートに教師、授業や行事、いつもどこかに違和感があり、受け入れられずにいる。

でも今日初めて、学校があって良かったと昴は思った。少なくとも授業中、課題に取り組んでいる時だけは、余計なことを考えなくて済んだからだ。

だが放課後になり、授業から解放されると、待ち構えたように現実が足元から忍び寄ってきた。一歩、また一歩と廊下を進むたびに、漠然としていた不安が形を持ち、体現されようとしているようだ。そして否がおうでも甦《よみがえ》るのは昨日の記憶。無人の我が家に帰った時のことである。

『ごめんなさい』

自室に向かう昴の背に、恵はぽつんとつぶやいた。その謝罪の真意を昴は知りたいとも、聞きたいとも思わなかった。それでも夜中に一人、リビングで暗闇を見つめる母の姿を目にした時、昴はあっけなく理解した。

このままだときっと、両親は離婚する。それを止める術《すべ》を昴は持ち合わせていない。

昇降口からグラウンドに出た昴は、遅くも早くもない歩調で校門へと向かう。その横を、やけに興奮した様子の女子の集団が駆けて行った。

「芸能人が来てるんだって！」

「違うよ！　モデルさんだってば！」

風に乗って聞こえてきた声に昴は顔を上げた。見れば校門付近に学年の違う女子生徒たちが集まり、人だかりができ始めている。特に何の興味もなく、邪魔にならないよう通り過ぎようとした昴だったが、人だかりの中心にいる人物を目にし思わずぎょっとした。女子に囲まれ、愛嬌を振りまいているのは芸能人でもモデルでもない。便利屋の貴海だ。

「あ、昴」

抜群のタイミングで声をかけられ、反射的に昴は足を止める。次の瞬間、一斉に女子たちの視線が全身に突き刺さった。得体の知れないプレッシャーに気圧《けお》されながらも、昴はなんとか口を開く。

「……なんで？」

「うん。昴に話があったからさ」

にこりと貴海が笑うと、場の空気が変わった。じりじりと獲物に狙いを定めるように、女子たちは間合いを詰めてくる。本能的に危険を察知し、昴は貴海の手を取った。

「こっち」

貴海の手を引き、そのまま全速力で昴は走り出す。隙《すき》を突かれた女子たちは、すぐに我に返った。

「逃げた！」

「追いかけて！」

恐ろしい怒号と悲鳴を聞き流し、昴は全力で人波を走り抜ける。ここではない、どこかへ。それしか考えられなかった。

「……っ」

どれくらい走っただろう。小さな無人の児童公園で昴は足を止めた。とたんに息が苦しいことに気づき、膝に手を当て昴は荒い呼吸を繰り返す。その背をぽんと、貴海が軽く叩いた。

「昴は足が速いなあ」

そう言う貴海は息も切れず、涼しい顔をしている。呼吸を整え、昴は貴海を見上げた。

「師匠、も」

「僕は普通だよ。ただ昴とは足の長さが違うから」

謙遜か自慢かわからない発言をし、貴海は近くにあったブランコに腰を下ろす。額の汗を拭《ぬぐ》い、昴は何となく自分の足を見た。

「うーん。久しぶりに、どこまでいけるかな」

なぜか貴海は真剣な面持《おもも》ちで、キコキコとブランコを漕《こ》ぎ始める。徐々に大きくなる振り幅に、昴は困惑して眉を寄せた。

「あの、話って？」

気づけば貴海は好き勝手に、傍にいたり、離れたりする。ここまで自由な大人を見るのは初めてで、やっぱり変な人だと昴は思った。そして同時に考える。父と母、そして昴自身を、不自由にしているものは何だろうかと。

「今度の日曜、フットサルの大会があってさ」

本格的にブランコを立ち漕ぎ始めた貴海の髪が、さらさらと空になびく。

「それに昴も一緒に参加しなよ」

え、と昴はつぶやいた。衛と二人、一緒に大会に出ようと話したのは、いつのことだったろう。

「ちなみに発案者は美空で、僕はただの伝令だからね」

どんどんブランコは高く上がっていく。置き去りにされるような心許《こころもと》なさを押し殺し、昴は両足に力を込めた。

「僕、嫌だ」

なぜなら思い出してしまう。父のこと。楽しかった日々のこと。それらがもう戻らないのだと、どこか諦めている自分がいる。

「うん、却下」

昴の精一杯の拒絶をあっさり切り捨て、貴海は一層強くブランコを漕いだ。

「やっぱり大きく前に出るには、一度後ろに下がることも必要だなあ」

前へ後ろへと風を切り、ブランコは進退を繰り返す。まるでそれが自然の摂理だというように。

「だからどうせ下りるなら、ギリギリまで退《ひ》いた後、最大限に前に出た時が狙い目だね」

言葉通り、高く前へと上がったブランコから、そのままの勢いで貴海は飛び降りる。危ないと焦る昴の前に、貴海は見事に着地した。

「ということで昴、じゃんけんぽい」

掛け声に合わせ、とっさに昴はパーを出してしまう。出したチョキをVサインに変え、貴海は得意げに笑った。

「僕の勝ち。敗者の昴に日曜の拒否権はないよ」

緩く頭を振るだけで、風に乱れた貴海の髪はきれいに元に戻る。なんだか騙された気分になり、昴は自身の掌《てのひら》を見つめた。

「もし僕が、勝ってたら？」

試しにパーをグーに変えてみる。貴海は当然のようにパーを出した。

「その時は三回勝負にする。要は僕が勝つまでやるって話だから、結果は変わらないね」

「……いんちきだ」

「頭脳派って言いなよ」

軽く笑って、貴海はパーの手で昴の髪をくしゃくしゃとかき混ぜる。

「切に思うことは必ず遂《と》ぐるなり。強き敵、深き色、重き宝なれども、切に思う心深ければ、必ず方便も出てくる様あるべし」

難解な言葉は頭で理解するより先に、すとんと昴の心に落ちてきた。視線を移せば、未だブランコは揺れている。まだ止まっていない。終わってはいない。それならば。

「師匠」

前髪の間から、昴は貴海を見上げた。

「お母さんは、僕が連れてくる。だから」

「うん。了解」

最後まで聞かずに、貴海は頷いた。

「昴の師匠兼、便利屋の僕に任せておきな」

# 6

日曜日、快晴の空の下、フットサル大会の会場で美空はそわそわしていた。思いつきと勢いで参加を決めてしまったが、本当に昴は現れるだろうか。

「心配しなくても、昴はちゃんと来るよ」

美空の心を読んだかのように、隣でのほほんと貴海が言う。

「僕の本気の誘いを断れるのは、仁くらいのもんだからさ」

貴海の横顔は少し不満げだ。差し入れ目当てに仁を応援に呼び出そうとしたところ、あっさり断られたらしい。

「仁ちゃんは平日忙しいんだから、休日くらい好きにさせてあげなさいよ」

「だから休日くらい、僕の好きにしてもいいと思うんだよなあ」

冗談めかしているが、貴海は半ば本気だ。仁に申し訳なくて、美空は心の中で手を合わせた。

「お前、何辛気《しんき》臭《くさ》い顔してるんだよ」

そこへ大智がやって来た。慌てて美空は笑顔を作る。

「おはよう、瀬崎くん。今日は付き合ってくれてありがとう」

「まあ別に、暇だったし」

大智は上下黒のジャージ姿で、いかにも運動が得意といった雰囲気を漂わせている。美空は大智の通うM高が文武両道だったことを思い出し、心強さを感じた。

「瀬崎くん、サッカーは得意？　フットサルの経験は？」

「サッカーは体育の授業でするくらいだな。ただ今日のためにフットサルのルールと戦術は、完璧に頭に叩き込んである。あとは実践でどれだけ使えるかが問題だ」

「うん、それは大問題だね」

頭が良い人間が陥りがちのパターンに美空は一抹の不安を覚えた。この即席チームに果たして、まともなゲームができるだろうか。

「おい、昴が来たぞ」

大智の声に美空ははっとした。人ごみを抜け、恵と連れ立った昴が歩いてくるのが見える。

「昴くん、来てくれたんだ」

安堵と嬉しさで、美空は昴に駆け寄った。昴は思ったよりも落ち込んでおらず、その表情はどこか何かを吹っ切ったようにすら見える。

「今日は誘っていただいて、ありがとうございます」

昴の肩に手を置き、恵は小さく微笑んだ。

「昴も良い気分転換になるわね」

先日のことを引きずっているのか、恵は憔悴《しょうすい》しているようだ。気分転換が必要なのは、昴より恵の方かもしれないと美空は思う。

「それからこれ、よかったら使って下さい」

緩慢な動作で、恵は大きめのバッグから揃《そろ》いのゼッケンを取り出す。渡されたゼッケンを見て、美空は目を丸くした。

「可愛い！　これ、恵さんが作ったんですか？」

ゼッケン番号の右下には、デフォルメされた寺の刺繍《ししゅう》がされている。その精巧さに、美空はただ感嘆した。

「恵さんはお菓子作りだけじゃなく、裁縫も上手なんですね。まさに理想のお母さんって感じです」

思ったままを口にすると、恵はとんでもないと首を振った。

「家で時間がある時に、暇に任せてやっているだけです。今日はチームＳＥＩＡＮＪＩだと聞いたので、私にできることをと思ったまでで」

「ありがとうございます。すごく嬉しいです。ね？」

同意を求めると、昴は頷いた。

「これを着て、今日はがんばる。ありがとう」

昴の言葉に恵の口元が自然と綻《ほころ》ぶ。優しい母親らしい微笑みに、美空は胸が温かくなった。

（いいなあ）

どんなに望んでも、美空はもう母には会えない。寂しくても、辛くても、それは受け止めなければならない現実だ。

「恵さん、もし迷惑じゃなかったら、今度家事のコツを伝授して下さい」

でも受け止めた現実の先に、明日に繋がる何かがある。

「私は自己流で要領が悪いって、いつも兄さんにバカにされるんです。だから恵さんの手ほどきを受けて、兄さんをぎゃふんと言わせてやろうかと」

「師匠が、ぎゃふん……」

「ええ。私で良ければ、喜んで」

首をひねる昴の横で、恵は気恥ずかしそうに承諾する。よし、と美空はガッツポーズを作った。

その後、二人と連れ立って、美空は貴海と大智のもとへと戻る。すると大智が貴海を庇《かば》うように、かなり不機嫌な様子で仁王立ちしていた。

「お前、勝手にどっか行くなよ」

昴と恵に簡単な挨拶をしてから、大智は声を潜《ひそ》めた。

「男二人になった瞬間、すげー声かけられて、さすがにビビった。オレ一人じゃガードしきれねーよ」

ちらちらと周りを窺《うかが》いながら大智は言う。現状を理解し、美空は肩を落とした。フットサルの大会なので男性が多いと思い油断した。今日の大会はエンジョイレベル、つまり女性の参加者もいるし、何より応援やギャラリーに女性陣がいないはずがない。

「だから仁ちゃんを呼んだんだ……差し入れ目的じゃなくって」

貴海と二十年来の付き合いになる仁は長身と威圧感を活かし、興味本位で貴海に近づく女性から危険分子まで、ことごとく跳ね返す最強かつ有能なブロッカーである。貴海曰く、「僕専用の鉄壁」なのだそうだ。

「別に陸箕《むつみ》さんが来なくてもオレがいるし、問題ねーだろ」

明らかに不機嫌に大智は応じる。その負けず嫌い根性は試合に取っておけと、美空は冷めた目で大智を見た。

「それより残りのメンバーは誰なんだよ。恵さんは出ないんだろ？」

言われてみればそうだ。美空は首を傾げる。すると貴海とじゃんけん勝負を繰り広げていた昴が、何かに気づいたように右手を上げた。

「お父さん！　こっち！」

昴の手を振る先にいたのは衛だ。左手を上げて昴に応じ、衛は重い足取りでやって来た。

「何なんだ、きみは。昴を盾にした脅しのようなメールを送ってきて……」

心底疲れた表情で衛は貴海に抗議する。貴海は反省の色など微塵もない、詐欺的笑顔を作った。

「すみません。僕は大げさな文章を作る癖があるみたいで」

また嘘メールかと美空はげんなりする。だが騙す貴海も悪いが、毎回騙される衛もどうなのだろうか。

同じ想いだったのか、恵がさり気なく場を離れた。さすがに今日は夫婦喧嘩をするつもりはなさそうだ。

「お父さん」

代わりに昴が衛に近づいた。

「師匠は悪くない。これは僕と、お父さんとの約束だから」

昴は衛を見つめ、ゼッケンを両手で差し出した。

「『いつか』じゃなく『今』約束を守ってよ」

真っすぐな視線を受け、衛は逡巡するように眉を寄せた。選択肢は、いくつかある。断る。謝る。背を向ける。だが衛は手を伸ばし、昴からゼッケンを受け取った。

五人目のチームメイトに、美空はぎゅっと拳を握る。もうとっくに賽《さい》は投げられているのだ。あとは各々の心に従い、がむしゃらに進むしかない。

「では全員揃ったところで」

手にしたゼッケンをくるりと回し、貴海が全員の顔を見渡した。

「チームＳＥＩＡＮＪＩ、初戦突破といこうか」


初戦、予想していた以上にギャラリーは多かった。貴海目当ての女性陣に加え、「イケメン負けろ」と敗北姿を望むアンチ貴海の男性陣も集まってしまったから仕方ない。

「なんだか無駄にプレッシャーがあるんだけどな」

軽くストレッチをしながら、大智は顔をしかめた。昴と衛は緊張した面持ちで、恵はそんな二人をコート外から見守っている。美空は心を無にしようと、ひたすら深呼吸を繰り返した。

「まあ外野は気にせず、僕の指示に従えば問題ないよ」

一番のゼッケンをつけた貴海は、とにかくお気楽だ。

「なにせ僕はフィクソ、チームの司令塔だからね」

何を偉そうに。美空はジロリと貴海をにらむ。ポジションは貴海の一存によるもので、美空がサッカーで言えばキーパーのゴレイロ、大智と昴がミッドフィルダーのアラ、衛がフォワードに当たるピヴォである。

「でも私、キーパーなんてできるかな。戦術もルールもよくわからないし、正直不安なんだけど」

本音を口にすると、貴海はひらりと手を振る。

「大丈夫。美空はただ飛んできたボールを叩き落とせばいいだけだよ」

「そういうもの？」

「うん。そういうもの」

貴海は自信満々で頷く。経験者の昴と衛が微妙な顔をしているが、美空は見ないふりをした。ここはもう単純明快に、ただゴールを死守することに専念しよう。

審判に呼ばれ、全員がコート中央に集まった。対戦相手は男性三人、女性二人の大学生チームだ。

「今日はよろしくお願いしまーす」

七番と九番のゼッケンをつけた女性二人が、貴海に向かって右手を差し出した。

「私たち、フットサル始めたばっかりなんです」

「だから手加減して下さいね」

「いやいや、こちらこそ」

貴海が握手をすると、二人は顔を赤らめ、きゃあと歓声を上げる。神聖なるコートから今すぐ出て行けと、美空は心の中で毒づいた。

そして試合が始まっても、二人の態度は変わらなかった。

「二人とも、G大学に通ってるんです。あ、私はユウキって言います」

「私はエリナでーす」

転がるボールを追うことなく、二人は貴海をぴったりマークしている。もはや彼女たちの狙いはゴールではなく、貴海の連絡先だ。

「おい女子二人、男じゃなくボールを追えよ！」

「そこの司令塔！　さっさと仕事しなさいよ！」

相手のゴレイロが怒鳴ると同時に、美空も声を出す。そして互いに悟った。あいつらはもう、戦力にならない。

「男三人で、絶対勝つぞ！」

「瀬崎くん、昴くん、衛さん、こっちは四人で勝つわよ！」

気合いを入れ直すと、相手の二番にボールが渡った。そのまま昴と大智をかわし、二番はドリブルでゴールに向かってくる。

「くっそ！　ふざけんな！」

貴海を罵倒《ばとう》する二番は、よく見れば涙目だ。もしかすると七番か九番、どちらかのことが好きなのかもしれない。

「喰らえっ」

二番は右足で怒りのシュートを放つ。負けてたまるかと、美空は渾身のストレートを繰り出した。

「おりゃあっ！」

ボゴッと鈍い音をたて、美空の右手がはじいたボールは飛んでいく。そしてそのまま金網にぶち当たり、力なく芝生に落ちた。

「言っとくけど、こっちも充分ムカついてるから」

ぱきっと指を鳴らし、美空は啞然とする二番に言い放つ。その向こうで七番と九番が、わざとらしく貴海の背に隠れた。

「何あれ、こわーい」

「殺人パンチー」

怒りのあまり、美空はギリギリと芝生を踏みつける。その手にちょんと昴が触れた。

「大丈夫」

真剣な面持ちで、昴は美空に頷いてみせる。

「師匠は、僕が助け出す」

そう言うと、昴は走って貴海と女性二人の間に入り込んだ。そのままじりじりとディフェンスの姿勢で、昴は二人から貴海を引き離していく。

「昴くん！　違うよね？　それは本来守るものじゃないよね？」

美空が慌てて叫ぶと同時、おおっと歓声が上がった。見れば華麗なボールさばきで男性二人を抜いた衛が、そのまま敵ゴールにシュートを打つ。

「すごい！　衛さん、すごいすごい！」

きれいに決まったゴールに、美空は飛び上がって手を叩く。そう、これはフットサルの試合だ。ボールを奪い合い、ゴールを狙う健全なるスポーツだ。

「今のはインフロントキックだな」

興奮する美空に、大智が得意げに語る。

「ボールを蹴るミートポイントを調整することで、蹴り足の内側にボールが曲がるシュートだ」

「うん。解説はいいから、瀬崎くんも試合に参加しようか」

美空が促すと、大智はちっと舌打ちをして走り出す。その間に、また衛がゴールを決めた。昴と七番九番は相変わらず妙な攻防を続け、二番は貴海に勝負しろと息巻いている。

「……何これ」

盛り上がるコートとは裏腹に、全くボールの飛んで来ないゴールで美空はぽつんとつぶやいた。エンジョイ大会だからって、皆エンジョイしすぎじゃない？

7

当初の美空の不安とは裏腹に、チームＳＥＩＡＮＪＩは快進撃を続けた。別に貴海が相手チームの女性プレイヤーを戦力外にするからではない。衛が思った以上に実力者だったためだ。

学生時代にサッカーに明け暮れたと言うだけあって、衛の個人技はやはり優れている。そして何より目を見張るのが、昴とのコンビネーションだ。

「さっきのお父さんのパス、すごかったよ」

三回戦突破後、コート脇のベンチに座り、昴は興奮気味に衛に話しかける。

「三番の股下を抜いて、ちょうど僕の前にボールが来たんだ。すごい蹴りやすい位置でびっくりした」

「いや、あれは昴が良いポジションを取っていたからだよ。シュートも上手かったし」

衛に褒められ、昴は顔を輝かせる。年相応の、明るく可愛らしい笑顔だ。

「いいなあ。スポーツで繋がる父子の絆って感じで、爽やかよね」

美空は微笑ましい気持ちでスポーツ飲料を口にした。今日の大会に二人が参加してくれて良かったと、心から思う。

ついた。

「うん。本当に爽やかだなあ」

恵が持参した蜂蜜漬けレモンを口にしながら、貴海は満足げに頷く。美空は呆れて息をついた。

「大して活躍もしていないくせに、何なのよ」

「僕が活躍をしていないのは、それを二人に譲っているからだよ」

適当なことを言い、貴海はレモンの入った容器を手に昴と衛のもとへと歩いていく。名ばかりの司令塔は、口だけは達者だ。

「差し入れまで用意して下さって、ありがとうございます」

貴海の代わりに礼を言うと、恵は笑顔で手を振った。

「いいんです。昴も楽しんでいるみたいで、私も嬉しいです」

微笑みを湛《たた》えたまま、恵は昴に目をやった。

「ずっと忘れていました。昴はあんな風に笑う子だったんだって」

貴海にじゃんけんで勝った昴はレモン片手に笑っている。心の底から楽しそうに。そして昴を見つめる恵の眼差《まなざ》しは衛と同様、とても穏やかで優しい。

(ちゃんと、家族だ)

三人を見て、美空は思う。まだ壊れてはいない。途切れてはいない。目に見えない繋がりが、三人の間には確かに存在している。それは衛が断とうとし、恵が見ないふりをして、昴が守り抜こうとした大切なものだ。

「あ！　いた！」

ぱたぱたと足音がし、某海外サッカーチームのユニフォームを着たＯＬ風の女性が二人、美空と恵の前を走り抜けていった。また貴海目当てかとうんざりした美空だったが、意外にも二人は衛の前で足を止めた。

「さっきの試合、見てました！　胸トラップからのダイレクトパス、すごかったです！」

「きみとのコンビネーションも完璧だった！　格好良いパパで最高だね！」

頬を上気させ、二人は衛と昴に話しかける。衛は照れたように頭を搔き、昴はムズムズと口元を緩めた。

「私たち、隣のコートで試合してたんですけど、二回戦で負けちゃったんです。もし今度良かったら、ぜひ一緒にゲームして下さい」

「あと準決勝も応援に来ます！　がんばって下さいね！」

二人は言いたいことを言うと、笑顔で手を振り立ち去っていく。美技についてのみ熱く語り、貴海に何の興味も示さない二人に、美空は真のフットサル女子の魂を見た気がした。

「何よ、あれ」

だが地を這うような低い声を耳にし、美空はビクリと身体を固くする。横目で窺えば、恵が目を吊り上げていた。

「デレデレしちゃって、みっともない」

ふんっと顔を背け、恵はその場から立ち去ってしまう。代わりに準決勝相手の視察に行っていた大智が戻ってきた。

「準決勝の相手は、なかなかの強敵だぞ。って、どうしたんだよ」

美空の顔を見て、大智は首を傾げる。溜息混じりで美空は言った。

「せっかく良い雰囲気だったのに、衛さんが女の人たちに声をかけられたら、恵さんが怒ってどこかに行っちゃったの」

「へえ、別にいいんじゃねーの」

金網に寄り掛かり、大智はクールに応じる。

「やきもちを焼くのは相手に気持ちがある証拠だろ。悪いことじゃねーよ」

「あ、そっか」

なるほどと美空は納得する。恵が衛のことをどうでもいいと思っているのなら、誰と何をしようと無関心なはずだ。

「すいませーん、記念に写真一緒にいいですかあ？」

聞こえてきた甘ったるい声に美空は視線を移した。三回戦で負かしたチームの女性プレイヤーが、完璧なメイク直しを終え、貴海を前に携帯を差し出している。

「偽りのフットサル女子め……っ」

無意識に美空はペットボトルを握り潰《つぶ》す。隣で大智が息をついた。

「お前は少し自重しろよ、ブラコン」

「だからブラコンって言うな！」

潰れたペットボトルを大智に押し付け、美空は足音も荒くその場を後にした。


準決勝の相手は、小学生一人を含む男性五人のチームだった。女性がいないことに安堵した美空だったが、すぐに別の問題が勃発した。相手チームの男子小学生が、昴に喧嘩を吹っかけたのだ。

「お前、ちょっと親父が上手いからって調子に乗るなよ」

彼は昴より体格もよく、学年も上のようだ。態度も大きく、生意気で可愛くないと美空は眉をひそめた。

「ボコボコにしてやるから覚悟しろ」

ふんっと鼻で嗤《わら》い、彼は自身のポジションにつく。昴は無言で立ち位置に戻った。

試合が始まるとすぐ、衛が相手のボールを奪う。ディフェンスをかわして衛は昴にパスを出し、昴はきれいにゴールを決めた。

「昴！　やったわね！」

ぱちぱちと恵が手を叩く。昴は衛とハイタッチをし、男子小学生に向かって物怖《ものお》じすることなく口を開いた。

「調子には乗ってない。でも負けない」

凛とした昴の姿に美空は感動すら覚えた。あの自己主張のなかった昴が、変われば変わるものだと思い、すぐにその考えを改める。

（違う。元に戻ったんだ）

昴は笑顔で恵に手を振り返し、それを誇らしげに衛は見つめる。きっとこれが昴の、そして恵と衛の本来の姿なのだろう。

「よし！」

気合いを入れ、美空は両手で頬を叩く。家族の再生を賭け、この試合も絶対に勝つ。そう決意した矢先、アクシデントが起きた。男子小学生に強く当たられ、昴が転んで足を怪我したのだ。

「昴くん！」

美空が駆け寄ってみると、昴の膝は血が滲《にじ》んでいた。衛は心配そうな顔で昴の横にしゃがんでいる。

「チビで弱っちいからだよ、バーカ」

反省も謝罪もなく、男子小学生は捨て台詞《ぜりふ》を吐いた。むっとした美空の頭を、貴海が軽くはたく。

「お前はムキにならないの」

　一旦試合は中断し、昴はコートの外に出た。慌てて恵が駆け寄ってくる。

「昴、大丈夫？」

　救急箱も持参していた恵は、手際よく昴の怪我の処置をする。ベンチに座り、じっと怪我を見つめる昴の頭頂部を、貴海はつんとつついた。

「さて、ここで問題。この先、昴はどうする？」

　問いかけに昴は首を傾げた。貴海は穏やかな声で続ける。

「交代選手がいないから、昴が棄権すればチームは負ける。でも向こうは強敵だし、昴が怪我を我慢して出場しても、試合に勝てる可能性は低い。それにもし勝ったとしても、この勝利は昴の将来にも受験にも、何も役に立たない」

「ちょっと兄さん」

　あまりに気遣いのない物言いに美空は声を出す。だが大智に止められ、仕方なく口をつぐんだ。

「それを理解した上で、昴が自分で決めることだよ。試合を続けるか、それとも止めるか」

　昴は一つ瞬きをした。それからゼッケンに施された刺繍に手を当てる。

「試合は続ける。絶対に止めない」

今まで聞いた中で、一番はっきりした声で昴は告げた。

「将来も受験も関係ない。何の役に立たなくてもいい。だって僕、今がすごく楽しいって思えるんだ。一分一秒にありがとうって言えるくらい、楽しくて仕方がないんだ」

きらきらした眼で、昴は全員の顔を見る。

「お父さん、お母さん、師匠、美空さん、大智さん。皆で一緒に笑ったり、怒ったり、めちゃくちゃなことしたり。そういうのが全部、楽しくて嬉しくて、わくわくする。だから試合は続けるよ。それで勝つんだ。だってもっとずっと、僕は皆と一緒にいたい」

うん、と美空は頷いた。昴の素直な想いが心を打つ。感極まったのか、衛が赤くなった目元をこする。衛と昴の顔立ちが似ていることに、美空は今更ながらに気がついた。

「昴」

恵が名を呼び、昴の前にしゃがみ込んだ。少し緊張した面持ちで昴は恵を見つめる。その頬を両手で包み、恵は鮮やかに微笑んだ。

「無理はしない。でも思いっきり楽しんできて」

「うん！」

昴は力強く返事をする。その頭を軽く撫で、恵は衛に向き直った。

「それからあなたも、昴のために、あなた自身のために、全力で楽しんで勝ってきて。

言っとくけど、負けたら許さないから」

恵のエールに衛は頷く。少しふてくされた口調で恵は続けた。

「あと向こうの躾《しつけ》のなってない悪ガキに、父親の威厳を見せつけてやりなさいよ」

「そうだな。わかった」

笑みを浮かべ、衛は昴に手を差し出した。

「絶対に勝つぞ、昴」

「おう！」

ぱちんと二人の手が打ち鳴らされる。それが試合再開の合図になった。


太陽は西へと傾き、夕暮れ時を告げる。人のいなくなったコートを見つめ、ベンチに座った昴はぽつりとつぶやいた。

「終わっちゃったね」

隣で美空は頷く。準決勝、僅差《きんさ》で勝利を収めたチームSEIANJIは決勝で惜敗した。結果としては準優勝。胸を占《し》めるのは負けた悔しさではなく、清々《すがすが》しい充実感だ。

「でも本当に、すっごく楽しかった」

頭上に広がる空を見上げ、昴の声は朗らかに笑う。美空はもう一度、力強く頷いた。

「だからありがとう。お父さんとの約束が守れたのは、美空さんのおかげだよ」

美空へと向き直り、晴れ晴れした表情で昴は告げる。美空はぶんぶんと首を振った。

「私は別に、大したことはしてないよ。昴くんが諦めずにがんばったからだし、兄さんが陰で暗躍してたみたいだし」

当の貴海はハンターと化した女性たちを撒《ま》くために、次代の鉄壁を目指す大智によって藤木夫妻と共にどこかに匿《かくま》われている。さすがに諦めたのか女性たちの姿が見えなくなった今、そろそろ姿を現すだろう。

「うん。師匠にも大智さんにも、後でちゃんとお礼を言う。それから美空さんには、ごめんなさいも言わなくちゃ」

「え？　私に？」

「美空さん、前に僕に話したよね。家を出て行っちゃったお父さんのこと」

少し気まずそうに、昴は続ける。

「お父さんは帰ってくる。そう信じて待っている。それを聞いた時、本当は腹が立った。僕に比べて何もしていない美空さんのところに、お父さんが帰ってくるはずなんてない。帰ってこなければいい。そんな意地悪なことを考えた。ただの八つ当たりだ」

ごめんなさいと昴は頭を下げる。だが美空に最初から、昴を責める気などない。

「僕は美空さんのお父さんのことを、何も知らない。どんな人なのか、どうして家を出て行ったのか、何もわからない。それでも今なら、美空さんの言ったことがわかる気がするんだ。美空さんのお父さんは、きっと帰ってくる。だって美空さんと師匠、二人のお父さんだもん」

美空はぎゅっと胸の上の服を握り締める。純粋に、嬉しいと思った。昴の言葉に背中を押されたような、力強さを感じた。

「僕さ、師匠と一緒にいて少しだけわかったよ」

ベンチの下、昴は足をぶらぶらと揺らす。

「大人だっていろいろだ。完璧じゃないし、何かと不自由だし。落ち込んだり悩んだりするくせに、強がったり格好つけたり、一人で頑張りすぎちゃったりするんだ。うちのお父さんも、きっと美空さんのお父さんも」

仕方ないねと昴は笑う。美空も苦笑した。

「だからもう我慢は止める。嘘もつかない。本当のことだけ大切にする。たまには子供の方が正しいことも、あると思うから」

そう言って、昴はぴょんとベンチから飛び降りる。視線の先にはこちらに向かって歩いてくる貴海と大智、衛と恵の姿がある。そしてなぜか衛一人だけが、やたらとやつれた様子なのが気にかかった。

「衛さん、大丈夫ですか？」

昴と共に美空が駆け寄ると、衛は力なく肩を落とす。

「きみのお兄さんと友人は本当にめちゃくちゃだ。まさか女性たちを撒くために、私を囮《おとり》にするとは思わなかったよ。私が女性陣に詰問されている間、自分たちは恵の車にずっと隠れていたなんて」

「でも衛さん、オレたちの居場所をバラすことなく、貴海さんの連絡先も守りきったじゃないですか。さすが優秀なピヴォ、攻守にわたっての活躍です」

衛の恨みがましい視線を物ともせず、大智は親指を立てる。けっきょく今日一日、彼がフットサルの知識を実践に活かすことはなかったようだ。

「お父さん、お疲れさま」

衛を労《ねぎら》うように、昴は右腕をぽんぽんと叩いた。

「あと今日は、約束を守ってくれてありがとう」

改めて礼を言われ、衛は困ったように微笑む。昴は左手で衛の右腕をぎゅっと摑んだ。

「楽しくて、あっという間に一日が終わっちゃった。それで僕、やっぱり思った。今日だけじゃなく、こんな日がずっと続いて欲しい。だからお父さん、うちに帰ってきてよ」

ストレートな懇願に、衛は辛そうに視線をそらす。昴は左手に力を込めた。

「お父さんは、駄目な人なんかじゃない」

真っすぐに衛を見つめ、昴は言い切った。

「お父さんが会社で、いろいろと大変なのは何となくわかった。でもそれはお父さんが駄目な人だからなの？　お父さんの会社の人たちが、間違った物差しでお父さんを測《はか》っているからじゃないの？」

衛は驚いたように昴に目をやる。両足を踏みしめ、昴は続けた。

「僕はお父さんの良いところ、たくさん知ってる。フットサルが上手いだけじゃない。僕とお母さんの誕生日には、どんなに忙しくても必ずプレゼントとケーキを買ってきてくれる。お母さんの作ったビーフシチューが大好きなのに、絶対僕に先にお代わりをくれる。フットサル仲間の柴田《しばた》さんの就職が決まった時は、自分のことみたいに喜んでた。お母さんの友達の由利さんが作ったアレンジメント、ものすごい下手くそだったのに一生懸命褒めてた」

昴が口にするのは、日常の些《さ》細《さい》なことかもしれない。でも美空にはわかる。それらは失ってはいけない、とても大切なものたちだ。

「だから藤木衛は駄目な人なんかじゃない。優しくて、ちょっとお人好しで、でも尊敬できる、僕の自慢のお父さんだよ」

想いを出し切ったのか、昴はふうっと息をつく。衛はただ黙って昴を見つめている。感情と理性がせめぎ合っているようで、こういうところも父子似ているのだなと美空は思った。

「衛さん」

沈黙を破ったのは恵だった。昴を支えるように背後に立ち、恵はその両肩に手を置く。

「私からもお願い。うちに帰ってきて」

昴の肩に置いた手に恵は力を込める。きっと今、支えが必要なのは恵の方だ。

「もともと私は自分の判断に、あまり自信がないの。子供の頃から母のような専業主婦になりたくて、あなたと結婚して昴と三人、望んだ生活を手に入れたはずなのに。由利さんや学生時代の友達が仕事で活躍している話を聞く度に、自分が劣っているような、世間知らずのような気持ちが拭えなかった。それで誰かの意見を聞くと、それが正しいように思えて、反論ができず従ってしまう。でもいつも心にどこか迷いがあった。当然よね。私は自分で判断することを放棄して、ただ他人の意見を鵜呑《うの》みにしていただけだもの」

恵の本音を、衛は神妙な顔で聞いている。

「だから本当は私、ずっと不安だった。周りに流されるように昴の小学校受験を決めて、あなたは賛成してくれたけど、やっぱり自分のしていることが正しいのかどうかわからなくて、不安で怖くて仕方がなかった。それで不安から逃れるために、余計に受験対策にのめり込んで、昴本人も衛さんのことも、何も見えなくなってしまったの」

ごめんなさい。謝罪と共に、恵は一度頭を下げた。

「でもこんな私だけれど、今日、昴を見ていて一つだけわかったことがあるわ。それは昴にとって、あなたが必要だってことよ」

次に顔を上げた時、恵は迷いのない眼をしていた。

「たとえあなたが何を言おうと、私は自分の意見を絶対に曲げない。だから昴のために、そして私が同じ過ちを繰り返さないために、衛さんに戻ってきて欲しいのよ」

昴と恵の想いを受け、衛は小さく息をつく。その背をトンと貴海が押した。

「これだけ熱烈なラブコールを受けて、何を迷うかなあ」

大きく伸びをし、貴海は夕焼け空を見上げた。

「宇宙に双日《そうじつ》無く、乾坤只《けんこんただ》一人。大空に太陽が一つしかないように、天地の間にあなたという人間は一人しかいない。だからもっと自分に自信を持って、本来の自分を大切にして下さい」

恵と昴を挟む形になった衛に、貴海は穏やかに告げる。

「そしてあなた自身と同じように、唯一無二のご家族を大切にするべきですよ。藤木衛さん」

「そうだよ」

貴海の言葉を受け、昴は離すことのなかった左手に再び力を込める。

「僕のお父さんは、お父さんしかいない。僕とお父さんとお母さん、三人で家族でしょ？」

「……そうだな」

やけに長く感じられた沈黙の後、衛は言った。

「うちに帰ろう、三人で」

「うん！」

ぱっと顔を輝かせ、昴は衛に抱きつく。しっかりと昴を受け止めた衛は、安心させるように恵の肩に手を置いた。三角形の角にいた三人が歩み寄り、家族という一つの円が再構築される。それを見届け、美空はどこかにいる父に想いを馳せた。

（きっと、いつか）

会えた時は真っすぐに伝えよう。昴のように、嘘偽りのない素直な気持ちを。


安住家には恵の車で送ってもらうことになった。いつもの軽自動車ではなく大型車だったのは意外だったが、家族で外出する休日にはいつも使用しているらしい。

「いろいろとありがとうございました」

衛に運転を任せ、助手席に落ち着いた恵は後ろを振り向き礼を言った。

「夫も戻ってきましたし、昴の中学受験については、三人で改めて話し合って決めたいと思います。ですから」

「わかりました。家庭教師の依頼については、一旦終了ということですね」

　恵の言葉を引き継ぎ貴海が応じる。昴は目に見えてがっかりした。

「勉強じゃなく、遊びにおいでよ」

　最後尾の席から身を乗り出し、美空は昴に話しかけた。

「どうせ兄さんは暇だし、瀬崎くんも家によく来るから」

「まあオレは暇な時に、たまにな」

　なぜか大智は多忙さを主張する。何のアピールだと美空は苦笑した。

「家にもぜひ、遊びに来て下さいね」

「はい！　絶対に行きます」

　恵の誘いに美空は勢いよく返事をする。恵はきれいな微笑みを浮かべた。

「良かったら貴海さんもいらして下さい。できる限りのごちそうをします」

「ありがとうございます。恵さんの手料理には大いに興味があるなあ」

　子供のような満面の笑みに、貴海は食い気を覗かせる。静かに闘志を燃やす大智は、恵を好敵手と認定したようだ。

「貴海さんは本当に、神様みたいに素晴らしい方ですね」

　恵は照れたように、薄っすらと頬を染めた。

「昴に衛さん、そして私、貴海さんと出逢って皆、前向きになれた気がします」

きらきらした眼で貴海を見つめる恵に、衛は顔を引きつらせる。また信仰心がぶり返したかと、美空も焦った。

「違うよ、お母さん」

だが昴が無邪気な声で、恵を食い止める。

「師匠はカミ様じゃなくて、優秀な便利屋さんだよ」

ね？　と昴は貴海に同意を求める。貴海は昴の髪をくしゃりとかき混ぜた。

「うん。大正解」

美空と大智に笑みを含んだ視線を投げ、貴海は恵と衛に向き直る。

「うちは優秀な人員が揃っていますので、便利屋ＳＥＩＡＮＪＩ、またのご利用を心からお待ちしております」

第三話

# 就活生と笑顔のケーキ

1

新しい年にも慣れてきた一月半ば。夕方、学校から帰った美空《みそら》は冷蔵庫を開け、直後に叫んだ。

「仁《じん》ちゃんにもらった『ノエル』のプリンがない！」

昨夜、安住《あずみ》家に夕飯を食べに来た仁の手土産のプリンがなくなっている。思い当たる犯人は一人しかいない。勢いよく振り返って居間を見れば、ソファの上でくつろいでいる貴《たか》海《み》が平然と答えた。

「それなら僕が食べたよ。十時のおやつにね」

「十時って……っ」

ぎりっと美空は奥歯を嚙《か》み締める。こっちは昼休みに自作の弁当を食べる以外、今まで何も口にしていないというのに。

「信じられない！　どうせ三時にもおやつ食べてるんでしょ？　しかも専門店『ノエル』のプリンだよ？　そのへんのスーパーのプリンじゃないのに！」

「だって美空、昨日食べないって言っただろ？」

食卓のテーブルを叩いて抗議するも、貴海に悪びれる様子はない。美空の怒りは更に増強された。

「昨日は時間が遅いから食べないって言ったの！　今日食べようと思って取っておいたの！　だいたい兄さんは昨日の夜、自分の分は食べたじゃない！」

「昨日は昨日、今日は今日。だいたい美空が『今日は食べないけど、明日食べる』って、ちゃんと言わないから悪いんだよ」

「屁理屈言うな！」

力の限りに美空は怒鳴る。貴海は一つ息をつき、ソファから立ち上がった。そして台所までやって来ると、荒い呼吸の美空の頭に右手を乗せる。

「ごめんね？」

瞳を覗《のぞ》き込まれ、まるで駄々っ子をあやすように優しく頭を撫《な》でられる。思わずこくりと頷《うなず》きそうになった美空だったが、

「許すかあっ！」

すぐに我に返り、貴海の手を振り払った。危うく懐柔《かいじゅう》されるところだったと、内心では冷や汗ものだ。

「まったく、プリン一つでしつこいなあ」

叩かれた右手を擦《さす》り、貴海はぶつくさとつぶやく。反省の色など微塵《みじん》もない姿に美空は眉を吊り上げた。

「しつこいわよ。食べ物の恨みはって言うでしょ？」

「はいはい、わかったわかった」

美空の文句を受け流すようにひらりと手を振り、貴海はテーブルの上にあった名刺大の紙を美空に押し付ける。

「じゃあ明日この店で、好きなケーキを買ってきなよ」

「え？」

唐突な提案に瞬《まばた》きをし、美空は渡された萌黄《もえぎ》色の紙に目を落とす。それは「Bonne chance」という店名と簡単な地図が印刷されたカードだった。

「ボヌ・シャンスって……あの人気の洋菓子店？」

カードの店名を何とか解読し、美空は目を丸くした。ボヌ・シャンスはフランス帰りのパティシエがいる洋菓子店で、雑誌やネットでも話題の人気店だ。そして以前から貴海が仁に手土産としてケーキをねだっている店である。

「本当にここでケーキを買ってきていいの？　しかも私の好きなやつ？」

半信半疑でそわそわしつつ美空が尋ねると、貴海は笑顔で頷いた。

「うん。明日から一日一つ、この店で好きなケーキを買って、依頼人に届けておいで」

「……は？」

予想外の返しに美空は問い返す。

「これって便利屋の依頼なの？」

「そうだよ。何だと思ってた？」

プリンのお詫《わ》びなどとは口が裂けても言えない。自身の勘違いを抹消し、美空は不機嫌にカードを貴海に押し付けた。

「私は嫌よ。食べられないケーキを買うなんて、ただの拷問じゃない」

「だから僕も嫌だよ。それに女性客が多い店はちょっとなあ」

貴海にカードを押し付け返され、美空は言葉に詰まる。確かに女性客が多いであろうボヌ・シャンスに貴海が行くのは、蟻《あり》の集団に砂糖を投下するようなものだ。

「あと僕はどうも、この依頼人とは反《そ》りが合わないんだよね」

珍しい発言に美空はぱちりと瞬きをした。ねずみ講式に日々人脈を拡大する貴海は、極端な危険人物を除き、比較的誰とでも上手く付き合っている節があるのに。

「美空はさ、三橋《みつはし》さんちのお孫さんの灯里《あかり》ちゃんって覚えてる？」

三橋家は晴安寺《せいあんじ》の檀家《だんか》だ。美空の脳裏に仲の良い老夫婦の顔が浮かぶ。そしてその息子夫婦、さらにその子供と世代を追った時、唐突に記憶が甦《よみがえ》った。

『寺の息子が女に貢がせて、恥ずかしくないわけ？』

貴海を前に仁王立ちをし、力強く啖呵《たんか》を切るセーラー服姿の少女。

『このままだと将来、絶対にろくな男になんないから！　今のうちに頭丸めて仏門にでも入ってなさいよ！　未来のヒモ男！』」

鮮やかな記憶に、美空はパンと手を打ち鳴らす。

「思い出した！　兄さんのこと、『未来のヒモ男』って言い切った灯里ちゃん！」

「お前は本当に、どうでもいいことはよく覚えているね」

貴海は呆《あき》れたように言うが、美空としては衝撃だったのだ。当時、貴海は高校生で美空は小学生。そのため小学生から高校生まで、様々な女子生徒が貴海目当てに晴安寺に足を運んでいた。そんな中、貴海を正面から罵倒する中学生の灯里は、かなり異質な存在だった。

「でも灯里ちゃんって、ご両親の仕事の都合で中学生の時に、東京に行ったんじゃなかったっけ？」

「そう。それでご両親はそのまま東京にいて、灯里ちゃんだけ今、就職活動のためにこっちに戻ってきてるんだってさ」

「じゃあこのケーキの依頼は灯里ちゃんが？」

「お祖母《ばあ》さんの妙《たえ》さんに僕が便利屋をやっていることを聞いたらしくて、今日の午前中に物凄《ものすご》い喧嘩《けんか》腰《ごし》で訪ねてきたんだよ」

心なしか貴海が疲れた顔をする。どうやら大学生になっても灯里は相変わらず貴海に対して友好的ではないようだ。

「ということで、この依頼は美空に任せる。ケーキを届ける時間は学校帰りで大丈夫だから」

仕方なく美空は頷いた。貴海の思い通りに動くのは癪《しゃく》なのだが、純粋に灯里に会ってみたいという想いもある。

灯里とは家がわりと近所だったため、学校の登下校時に顔を合わせることが何度かあった。そして美空が貴海目当ての女子生徒たちの扱いに手をこまねいているのを見ると、いつも毅然とした態度で女子生徒たちを追い払い、美空を助けてくれたのだ。貴海への言動も含め、灯里は常に物怖じしない勇ましさを持っていて、美空の記憶では「カッコいいお姉さん」として認識されている。

「あと『ノエル』のプリンは近いうちに買ってくるから、それまで我慢すること」

「え？　兄さんが買ってきてくれるの？」

驚いて美空は顔を上げる。てっきり無かったことにされると諦めかけていたのに、そんな気遣いのある大人な対応を貴海がするとは。

「僕が買ってくるわけないだろ？　仁に買ってきてもらうんだよ」

だが笑顔で否定され、美空は肩を落とした。これ以上、仁に迷惑をかけないためにはプリンを諦めるしかない。

「……プリンはもういい」

「へえ、諦めが早いなあ。それなら次の手土産は何をリクエストしようかな」

うきうきと軽い足取りで貴海は居間へと戻る。今更ながらに中学時代の灯里の発言は正しかったと、美空はその背に冷めた視線を送った。


翌日、学校が終わると美空は予定通り洋菓子店ボヌ・シャンスに寄った。

ボヌ・シャンスは大通りから一本奥に入った中道にある西洋風の建物で、平日の夕方でもOLや大学生、主婦など女性客で賑わっている。大きなガラス戸を開け店内に入った美空は、確かに貴海が来なくて正解だと密《ひそ》かに思った。

（うーんと、どれにしよう）

客たちの背後から、美空はショーウィンドウに並んだ数々のケーキを見つめる。依頼はケーキを一つ買うことで、その種類は指定されていない。そうなると逆に迷ってしまう。

王道でいくか。季節感のあるものにするか。あっちは美味しそうだし、こっちは見た目がゴージャス。一つに決めかねて美空がショーウィンドウ前を左右にうろうろしていると、横から声がかかった。

「あの、どのようなケーキをお探しですか？」

見れば二十歳前後の女性店員が立っていた。長い髪を一つにまとめ、柔和な顔立ちに木《こ》漏《も》れ日のような温かさを感じさせる優しそうな人だ。

「えっと、その、人に頼まれて、ここのケーキを買いに来たんですけれど」

まさか話しかけられると思わず美空は焦って答える。店員は安心させるように、穏やかに微笑《ほほえ》んだ。

「ありがとうございます。ご依頼された方に好き嫌いやアレルギーはございますか?」

「いえ、ないと思います」

たぶん、と美空は付け加える。もしそういったものがあるなら、灯里は最初にはっきり言うだろう。

「そうですか。では、こちらはいかがでしょう」

店員が示したのは四角い形のチョコレートケーキだった。

「こちらは数種類のチョコレートを使ったコクのあるケーキです。見た目は少し地味ですが、チョコレートの濃厚な味わいと口当たりが楽しめる当店のパティシエの代表作で、一番人気のケーキなんですよ」

確かにケーキの断面をよく見ると、店員の説明通りチョコレートが何層ものグラデーションを作っているのがわかった。周りにある果物が載ったケーキより見た目の華やかさには欠けるが、深みとこだわりが感じられる。最初に灯里に食べてもらうものとしては、良いかもしれない。

「はい、それにします」

「ではお包みしますね。少しお待ち下さい」

店員はショーケースの向こう側に回り、指定したケーキを箱に入れる。一仕事終えた気分で、美空は肩の力を抜いた。

「お待たせいたしました」

会計を済ませ、箱に入ったケーキを美空は受け取る。店員は優しい笑顔を見せた。

「ありがとうございました。笑顔で召し上がれますように」

「こちらこそ、ありがとうございました」

手に載った心地よい重さに、ふわりと胸が温かくなるのを感じ、美空は店を後にした。


ボヌ・シャンスを出た美空は一駅離れた場所にあるウィークリーマンションへ向かった。就職活動で地元に戻った灯里は祖父母の住む実家ではなく、一人暮らしをしているらしい。灯里に会うのは八年ぶりになる。少し緊張しながら、美空は貴海に教えられた灯里の部屋のインターフォンを鳴らした。

「あの、便利屋のＳＥＩＡＮＪＩです」

美空が名乗ると、少しの間沈黙があった。それからドアが開き、女性が顔を覗かせる。

ショートとセミロングの中間ぐらいの髪に、勝気な瞳。大学生になり、当然のように以前より大人びているが、かつての凛々しい面影《おもかげ》はある。間違いなく三橋灯里だ。

「依頼のケーキ、届けに来ました」

ボヌ・シャンスの箱を見せると、灯里は微妙な表情をした。

「あいつじゃないんだ。あんたはバイト？」

どうやら貴海が来ると思っていたらしい。慌《あわ》てて美空は口を開く。

「兄さんはその、別件があって。あと私、美空です。覚えてない？」

「みそら？」

ケーキの箱を受け取り、灯里は怪訝《けげん》そうな顔をする。しかしすぐに、ああと頷いた。

「あいつの妹か。今、高校生？」

「うん。久しぶり、灯里ちゃん」

忘れられていなかったことに安堵し、美空は笑顔を作る。対して灯里はどうでもよさそうに、久しぶりとつぶやいた。

「就職活動で戻ってきたんでしょ？　順調にいってる？」

「まあ、それなりに」

答えつつ、灯里は手元の箱に視線を移す。美空は仕事を思い出し、話題を変えた。

「それね。ボヌ・シャンスで一番人気のケーキだって」

「そう。ありがと」

それだけ言うと、灯里は身体《からだ》を反転させる。そのまま部屋の中に戻りそうな灯里を、思わず美空は呼び止めた。

「灯里ちゃん」

別に続けるべき会話があったわけではない。ただ不完全燃焼な想いが口をついて出た。

「ケーキ代は依頼料と一緒に、あんたの兄貴に払うから」

請求と勘違いしたのか、言いよどむ美空に灯里は告げる。それ以上、何もかけるべき言葉が見つからず、美空は一歩後ろに下がった。それを待っていたかのように鈍い音をたてドアが閉まる。八年ぶりの再会は、あっけなく終了した。

2

土曜日、美空は都乃《みやの》と一緒に映画館近くのレストランで遅めの昼食を取った。

「やっぱりアクションものは、映画館で見ると最高ですね！」

興奮が冷めない美空は、先の映画の感想を熱く語る。

「しかも3Dだし迫力満点で、最後はものすごく興奮しました」

「そうね。美空ちゃん、最後の方は避《よ》けたり叫んだり戦ったり大変だったものね」

都乃にくすくすと笑われ、美空は顔を赤くした。確かに最後の爆破シーンの後、飛んでくる銃弾や瓦礫《がれき》を避けようと、勝手に身体が動いてしまったのは否めない。

「でも旦那さんがもらった優待券だったのに、私が一緒で良かったんですか?」

「いいのよ。旦那は朝からゴルフだし、アクション映画は美空ちゃんと一緒に見る方が盛り上がって楽しいわ」

コーヒーカップを片手に、都乃は微笑《ほほえ》む。

「それに美空ちゃんも元気になったみたいね。映画を観る前は少し悩んでいたでしょう?」

ぱちりと美空は瞬きをした。自分では何も意識していなかったのだが。

コーヒーを口にする都乃は、それ以上は聞いてこない。美空が自主的に話さない限り、無理に聞き出そうとはしないのだろう。敵《かな》わないと素直に思う。

「最近引き受けた、便利屋の依頼があるんですけれど」

そこで美空は灯里の一件を都乃に話した。

昨日まで灯里にケーキを届けること五回。だが毎回灯里は玄関先で箱を受け取るだけで、ケーキに対する感想はおろか、興味すらないような気がする。なぜお金を払ってまで毎回ケーキを買うのか、正直その意図がよくわからない。それにいくら就職活動が忙しいからといって、自分でケーキを買う時間すらないのだろうか。

「兄さんが目当てなのかなって、思ったりもするんです」

なぜならケーキを届けに来たのが美空だとわかると、灯里は毎回がっかりしたような、不服そうな微妙な表情をするのだ。現在の灯里が貴海に対してどのような感情を抱いているかは不明だが、今回の依頼のキーマンは貴海のような気がしてならない。

「でもその子、一人暮らしをしているのよね？　それならケーキを買って届けるなんて面倒なことをせず、直接貴海くんを家に呼び出すような依頼をした方が効率的じゃない？」

確かに貴海が目当てなら、掃除や片づけなど別の依頼をすればいいことだ。ボヌ・シャンスのケーキにこだわる必要もない。

「なんだかよく、わかりません」

美空は眉を寄せた。

「昔はもっと裏表がなくて、兄さんに面と向かって文句を言うくらい、言いたいことをズバッと言う人だったんです。でも今は何だかこう、本音を隠しているって感じで」

「良くも悪くも人は変わるものなのよ。年齢や環境、理由は様々だけれど」

諭《さと》すように都乃は言った。

「それで美空ちゃんは、すっきりしないのね。貴海くんには相談した？」

「兄さんには特に何も。言う必要もないかなって」

ぼそぼそと答えると、都乃は首を傾《かし》げた。

「便利屋の依頼のことだし、相談した方がいいと思うけど？」

「まあ、そうなんですけれど、この依頼は私に任されたものなので、兄さんにはあまり頼りたくないというか……」

「なるほど。つまり貴海くんの期待に応えたいわけか」

おかしそうに都乃は笑う。

「本当に美空ちゃんは、貴海くんが大好きよねえ」

「は？」

思わず大声を出し、慌てて美空は口を押さえた。

「なんでそういう結論になるんですか？　意味がわかりません」

「いいのよ。意味がわからなくて」

柔らかな微笑みを浮かべて都乃は告げる。

「良くも悪くも人は変わるものだけれど、ずっと変わらないものもあるってことよ」


その後、都乃と別れた美空は駅前にある大型書店に立ち寄った。月末の実力テストに備え、大智《だいち》に勧められた参考書を買うためだ。

昴《すばる》の家庭教師終了後、大智は気が向くと美空の勉強を見てくれるようになった。大智の教え方はわかりやすいのだが、凡ミスをすると信じられないものを見るような目を向けてくるのが、たまに瑕《きず》だ。

目的の参考書を見つけ、美空はフロアの中央にあるレジへと向かう。その途中、棚の間の通路から出てきた人物とぶつかりそうになった。

「あ、すみません」

「こちらこそ」

互いに頭を下げ、同時に顔を上げる。そこで美空は目を見開いた。

「ボヌ・シャンスの店員さん？」

数冊の本を抱え、美空の前にいたのはボヌ・シャンスの女性店員だった。思わず美空が口に出すと、彼女も驚いたように瞬きをし、それから穏やかな笑顔を見せる。

「こんにちは。いつもありがとうございます」

偶然か、必然か。予期せぬ出会いに戸惑いつつも、美空はぺこりと頭を下げた。

彼女は白石《しらいし》真澄《ますみ》と名乗った。今日はシフトの都合で、店には午後から行くらしい。

「じゃあ美空さんは、便利屋さんなのね」

書店を出て、駅までの道を二人で歩く。どこか納得したように真澄は言った。

「実は不思議に思っていたの。いつも一つだけケーキを買っていくけど、お見舞いって感じじゃないし、何なのかなあって」

「すみません。本当は自分の分も買えればいいんですけれど……」

「いいのよ。うちのケーキは安くはないし、無理せず、機会があった時にね」

柔らかく真澄は微笑む。本当に優しい人だなと美空はしみじみ思った。

「それにしても真澄さんは、すごくケーキが好きなんですね」

真澄の手に抱えられているのは、書店で購入した数冊の本だ。大判で鮮やかな写真つきの本は全てケーキ関連の専門書で、値段もかなり高額だろう。

「私はまだまだ半人前で、もっと勉強しなくちゃいけないから」

冷たい風が吹く中、真澄は大切そうに本の袋を抱え直した。

「一応、パティシエ志望なの。まだ見習いで、今は売り子の仕事の方が多いけど」

「そうだったんですか？」

いつも店員として接する真澄しか知らないため、美空は少し驚く。

「でも納得です。真澄さんのケーキの説明、すごく丁寧でわかりやすいし。お店のケーキに対する愛情が伝わってくるんです」

だからこそ灯里の態度が美空にとって心苦しいのだ。灯里のケーキに対する扱いはどこか粗雑で、むしろケーキが嫌いだと言われた方が納得してしまう。

「そう言ってもらえると嬉しいな。うちのお店のケーキを食べた人には、笑顔で幸せな気持ちになって欲しい。それで私もいつか、食べた人を笑顔にできるようなケーキが作りたいなって思うの」

そんな美空の心中を知ることもなく、真澄は恥ずかしそうに微笑む。

「私ね、パティシエになるのがずっと夢だった。もちろん小さい頃は、漠然とケーキ屋さんになりたいってくらいの想いだったんだけれど、中学生の時に『なりたい』じゃなく『なるんだ』って決めたの。私の夢を本気で応援してくれる友達がいたから」

木漏れ日に、真澄は目を細める。

「友達は強くて凜々しくて、私の憧れだった。当時の私は引っ込み思案で気が弱くて、よくクラスメートから掃除当番とかの面倒事を押し付けられそうになったけど、その度に友達が私を庇《かば》ってくれた。私はそんな友達を誰より信頼していたから、ずっと心に仕舞っていた夢を打ち明けたの。彼女が全力で私の夢を応援するって言ってくれた時、ものすごく心強くて、本当に嬉しかったな」

当時を懐《なつ》かしむように、真澄は口元を綻《ほころ》ばせた。

「ケーキに詳しくないって言いながら、友達は私の作ったケーキを食べると、良いところだけじゃなく悪いところもちゃんと指摘してくれるの。ケーキのデザイン画を見せると、もっと現実的に作れるケーキを考えろって、よく駄目だしされたっけ。休みの日は一緒にケーキバイキングに行ったり、お小遣いを出し合って買った高級ケーキを半分コにして食べたりした。彼女は私の最大の味方で、理解者で、大切な親友だったの。だからいつか大人になって私の夢が叶ったら、彼女に純粋に美味《おい》しいって言ってもらえるケーキが作りたい。その想いが私の原動力なのよ」

「素敵な話ですね」

夢に伴う友情話に、美空は胸を熱くする。

「じゃあ真澄さんの夢が叶ったら、そのお友達もすごく喜んでくれますね」

「……どうかな」

どこか寂しそうに真澄はつぶやいた。

「喜んで、くれるかな」

え？　と美空は問い返す。すると真澄は慌てたように首を振った。

「ごめんなさい。何でもないの。それじゃあ私、こっちだから」

真澄は手を振り、変わりかけの信号の横断歩道を駆け足で渡っていく。どこか釈然としない想いで、美空はその背を見送った。

＊

面接会場を出ると、ほんの少し呼吸が楽になった。自分と同じようにリクルートスーツを着た就活生とすれ違いながら、灯里はエントランスを抜ける。開いた自動ドアから流れ込む外気に触れると、今度は一気に疲労感に襲われた。

(ダメだ。落ちた)

軽く頭を振り、後ろを振り向くことなく灯里は歩き出す。今日の面接は今まで受けた中でも、一、二を争う手応えのなさだった。

(次、切り替えないと)

駅を目指し、灯里は人気《ひとけ》のないオフィス街を進む。土曜の午後、ほとんどの会社は休みのようだ。だが灯里に休息はない。内定という結果が出るまで、この先の見えない生活をいつまで続ければいいのだろう。

オフィス街を抜けると、目につく人が増えてきた。駅が近くなり、飲食店が多くなってきたからだろう。灯里も昼食はまだだったが、恋人や友人、親子連れで込み合う店に入る気にはなれなかった。

仕方なく駅前広場にあるベンチに座り、灯里はさっきから痛みを覚えていた左足のハイヒールを脱いだ。見れば靴ずれができ、踵《かかと》に血が滲《にじ》んでいる。どこかで絆創膏を買わなければと思うが、辺りに目ぼしい店は見つからない。

(……最悪)

なぜ何もかも上手くいかないのだろう。痛む左足を擦《さす》りながら、灯里は小さく息をつく。

すると賑わう喧騒の中、涼やかな声がした。

「溜息をつくと、幸せが逃げるんじゃないかなあ」

聞き覚えのある声に灯里は眉を寄せる。顔を上げれば、コートのポケットに手を突っ込んだ貴海が立っていた。

「なんでいるのよ」

「僕は仕事帰りだよ」

つっけんどんに尋ねれば、貴海は笑顔を返してくる。仕事帰りと言われても貴海はラフな普段着なので、何をしてきたのかは不明だ。

「灯里ちゃんは就活？　がんばってるんだね」

別にと灯里は言い捨てた。結果の出ない努力を褒められても惨《みじ》めになるだけで、灯里は弱音の代わりに嫌みを口にした。

「そうは見えないけど、あんた一応仕事してるんだ。そのくせ私の依頼は妹に任せるって、どういうことよ」

きつく問いかけると、貴海は悩ましげな表情を作る。

「それはまあ、なんとなく」

「なんとなくって……っ」

「強いて言うなら『働かざる者食うべからず』が我が家のモットーだからね。それに僕が見る限り、美空はちゃんと依頼をこなしているよ。それなのに灯里ちゃんが不満げなのは、僕じゃないといけない理由でもあったのかな？」

正面から瞳を覗き込まれ、灯里はそっぽを向いた。普段は適当なくせに、こういう妙に勘の鋭いところが嫌になる。

「ちょっと、なんで座るのよ！」

ふいに隣に体温を感じ、灯里はぎょっとした。さほど広くはないベンチに、当然のように貴海が腰をかけている。

「うん、待ち合わせ」

携帯をいじりながら貴海は答える。灯里は顔が強張《こわば》るのを感じた。

「何？　もしかして彼女？」

「じゃなくて幼馴染《おさななじみ》。灯里ちゃんも昔、会ったことがあるんじゃないかな」

「……ああ、陸箕《むつみ》仁《じん》か」

仁を思い出すのは意外に簡単だった。灯里が中学生の頃、近所で見かける貴海は常に仁と一緒にいて、女子生徒たちの追撃をかわしていた気がする。そのため灯里の記憶では、仁は貴海の盾、もしくは壁として認識されている。

「どうでもいいけど、付き合い長くない？」

呆れ半分で話を振ると、貴海は首を傾げた。

「人生の折り返し地点までまだまだだから、そんなに長くはないんじゃないかな」

どうやら貴海の中で、仁との付き合いは一生ものと決まっているらしい。ふいに身体の奥底、じわりと古傷が痛むような錯覚に襲われ、灯里はヒールの踵《かかと》をコンクリートに打ち付けた。

「何でそんな風に思えるのよ」

なぜ自分がこんなにも苛立つのか。その理由を明確にしないために灯里は言った。

「どうせ昔も今も、あんたが一方的に迷惑かけているんでしょ？　いい加減そのうち見放されるとか考えないわけ？」

「うん、一切考えない」

貴海は清々《すがすが》しいくらいに、きっぱりと言い切った。

「信を萬事《ばんじ》の本《もと》と為《な》す。相手を信じることが、人間関係の基本だからね」

その言葉にまた古傷が疼《うず》いた。せり上がる不快感に灯里は顔をしかめる。

（くだらない）

別に信頼がなくても人間関係は作れる。少なくとも灯里は今まで、表面上の付き合いで世の中を渡ってきたのだから。

「あ、やっと来た」

貴海が声を出す。つられて見れば、灯里が来たオフィス街の方から背の高い男性が歩いてきた。

「遅いよ、仁。待ち合わせの五分前集合が社会人の基本だろ？」

「お前が社会人を語るんじゃねーよ。あと待ち合わせじゃなく、ただの呼び出しだからな」

休日だが仁は仕事中なのだろう。身に着けた高級そうなスーツや漂う雰囲気からして、いかにも仕事の出来るエリートといった感じだ。

そこで仁が灯里に視線を移す。急にリクルートスーツがみっともなく思え、灯里はコートの前を合わせた。

「三橋さんちの灯里ちゃんだよ。覚えてる？」

「灯里って……あれか、お前のこと『未来のヒモ男』って言った」

「そうだけど、何で皆そこをチョイスするかなあ」

どこか不満げに貴海はぼやく。灯里は更に恥ずかしくなり、顔をそむけた。

「で？　何の用だよ。こっちは仕事中だから手短にな」

腕時計に目を落とし、仁は尋ねる。貴海はにこりと笑った。

「午前中に一仕事終えたら、お腹が空《す》いちゃって。でも今日は美空も出かけているし、家に帰っても食べ物が確保できそうにないからさ」

「そうかわかった。じゃあその辺で菓子パンでも買ってやるから、さっさと帰れ」

「却下。今日の昼食はキッチン宮田《みやた》のデミグラスハンバーグ定食って決まってるんだよ。仁の名前で店の予約もしてあるし、今更キャンセルは無理だからね」

「くそっ、どこまで計画的なんだ……」

貴海をあしらおうとして失敗し、仁が苦々しくつぶやく。本当になんで今まで見放されずにきたんだろうと、灯里は心底不思議になった。

「灯里ちゃんはご飯食べた？」

話を振られ、灯里は曖昧に首を振った。

「私はこれからセミナーだから、移動しないと」

というより貴海と仁と三人で昼食を取るなど、いろいろな意味で無理だ。さりげなくお断りをすると仁が微妙な表情をした。

「就活も大事だけど、ちゃんと飯は食えよ。身体壊したら元も子もないからな」

「うーん、他人にはアドバイスができるのに、なんで自分は実践できないんだろ」

「お前はうるせーよ。さっさと行くぞ」

貴海に悪態をついた仁は灯里に軽く手を上げると、踵《きびす》を返し歩き出す。携帯をいじっていた貴海は苦笑した。

「じゃあ灯里ちゃん、ああいう悪い見本を参考に、がんばりすぎないようにね」

ひらりと手を振ると、貴海は軽やかな足取りで仁の隣に並ぶ。

「ちゃんと仁が一時間くらい抜けても問題がないように頼んでおいたよ。菊地《きくち》くんはともかく、やっぱり氷上《ひかみ》さんは頼りになるね」

「またそうやって、お前は勝手に……」

「これでデザートを食べる時間も確保したし、自家製ババロアと限定ティラミス、どっちがいいかなあ」

「もう好きにしろよ……」

上機嫌な貴海の横で、仁が肩を落とす。灯里はゆっくりと瞬きをした。二人の後姿に、高校時代の制服姿の二人が重なる。あの頃と同じ、何も変わらない距離感。季節が巡っても、大人になっても。

『灯里ちゃん』

その記憶に引きずられるように、懐かしい声が甦った。

『私たち、ずっと友達だよね？』

うるさい。ガツッとヒールで地面を蹴り、灯里は脳裏の声を打ち消した。そして痛む左足を無理やりハイヒールに捩《ね》じ込んで立ち上がる。

（くだらない）

感傷も過去も必要ない。今を戦うには無用のものばかりだ。灯里は一つ息をつき、次の目的地へと向かって歩き出した。

3

　その日の夕方、一度家に戻った美空は貴海の不在を確認し、ボヌ・シャンスに向かった。

　だが美空を店に迎え入れたのは、真澄ではない別の女性店員だった。真澄はいないのだろうかと店内を見渡してみると、ガラスで仕切られた店の奥の厨房にその姿があった。

　今日の真澄は売り子の制服ではなく、白いパティシエの服を着ている。どうやらパティシエ見習いというだけあって、日によって持ち場が違うらしい。

　真澄はオーナーらしき男性に指導を受けながら、ケーキのデコレーションに取り組んでいた。表情は真剣そのもので、いつも売り場で柔らかな笑顔を見せている真澄とは別人のようだ。

（すごく、本気なんだ）

　距離のあるガラス越しでも、真澄の纏《まと》う凛とした空気が感じ取れるようで、美空は背筋の伸びる想いがした。まるで精巧な美術品を仕上げるように、真澄は集中してケーキに向き合っている。同時に真澄がパティシエという夢に真摯《しんし》に挑《いど》んでいるのがわかった。

「あのー」

　思わず真澄の仕事ぶりに見入っていると、おずおずと女性店員に声をかけられた。ケーキも注文せず、厨房を凝視する美空が不審に思えたのだろう。

「すみません。えっと、あの」

「いらっしゃい」

慌てて美空がケーキを選ぼうとしたところで、いつの間にか真澄が厨房から出てきた。

「こちらは大丈夫ですので、他のお客様の対応をお願いします」

真澄に促《うなが》され、女性店員は小さく頭を下げた。

「ごめんなさい。お仕事の邪魔してしまったみたいで」

「いいえ。ちょうど一段落ついたところだったから大丈夫。それに今日は美空さんにお勧めのケーキがあるの」

そう言って真澄はショーケースの右端のケーキを指さした。『sourire』と名付けられた黄色いムースケーキで、上にオレンジが花びらのように飾られている。

「これね、私がデザインした創作ケーキなの。オーナーのアドバイスと改良を重ねて、やっと商品として並べてもらえるようになったのよ」

真澄は頬《ほお》を紅潮させ、嬉しそうに語る。美空は真澄のケーキを見つめた。フランス帰りのパティシエ作の周りのケーキと比べても、一切遜色《そんしょく》はない。

「このケーキ、フランス語で『笑顔』っていう意味なの」

「そっか。食べた人を笑顔にするケーキですね」

ぱんと手を打つと、真澄は微笑んだ。

「これを食べた美空さんの依頼人が、笑顔になってくれるといいんだけど」

「きっと大丈夫です。真澄さんの想いと一緒にケーキを届けます」

美空は力強く言い切る。なぜだか真澄のデザインしたケーキは、灯里の心に届く気がした。

「ありがとう。すみません、こちらお願いします」

真澄は手を上げ、先程の女性店員を呼ぶ。

「もし良かったら、今度ケーキの感想を聞かせてね」

小さく手を振り、真澄は厨房へと戻る。美空はその背を見送り、今度は依頼ではなく真澄のケーキを買いに来ようと心に誓った。


だが美空の明るい展望は、すぐに現実に打ちのめされることになる。

ケーキを届けにウィークリーマンションに行くと、灯里は顔色が冴えず体調が悪いようだった。就職活動の影響か、心身共に疲れているように見える。

「大丈夫？　灯里ちゃん」

「別に」

玄関先でケーキを渡すと、灯里はぶっきらぼうに応じる。どうやら機嫌も相当に悪いらしい。

それでも灯里はケーキの箱を持ったまま、しばらく玄関前に立っていた。いつもならすぐ部屋の中に戻ってしまうのにと、美空は不思議に思う。

「……なんかもう、いいや」

やがて灯里はぽつりとつぶやいた。

「この依頼は今日で止める。そうあんたの兄貴に伝えといて」

「え？　急にどうして？」

戸惑う美空を一瞥《いちべつ》し、灯里は髪をかき上げる。

「もともと気まぐれで始めた依頼だし、正直もうどうでもいい。今までの手間賃に、これもあんたにあげる」

灯里から押し付けられたケーキの箱は、先とは別物のように重かった。真澄の微笑みが脳裏にちらつき、美空は首を振る。

「これは受け取れない。灯里ちゃんのケーキだもん」

「その私がいらないって言ってるのよ。帰って食い意地の張った兄貴にでも食べさせればいいじゃない」

「兄さんじゃなく、このケーキは灯里ちゃんに食べて欲しいの。だって灯里ちゃんのために選んだものだから」

　言葉で伝わらない想いがもどかしく、美空はケーキの箱を開けた。

「灯里ちゃんにとっては気まぐれな依頼で、これはたかがケーキかもしれない。でもこのケーキにはいろいろなものが詰まっているの。作った人の努力とか、夢とか、食べた人を笑顔にしたいっていう想いも」

「何よそれ」

　美空の訴えは、灯里の無機質な声に遮《さえぎ》られた。気づけば灯里が能面のような表情で、美空の持つケーキを見つめている。

「……ざけるな」

　震える唇から、灯里は絞り出すように言葉を吐き出した。

「ふざけるなっ！」

　次の瞬間、灯里は美空の手からケーキの箱を奪い取り、躊躇《ちゆうちよ》なくそれを床に叩きつける。ぐしゃりと鈍い音をたて、ケーキは見るも無残に潰《つぶ》れた。

「灯里ちゃん！　何するの？」

「依頼を変更する」

　美空の悲鳴を無視し、灯里は右手で目元を押さえた。

「ボヌ・シャンスのケーキは不味《まず》くて食べられたものじゃないって、今すぐクレームをつりと心が痛い。

美空は唇を噛み締める。潰れたケーキは真澄の想いまで踏みにじられたようで、きりき

「でもできないよ！　それに灯里ちゃん、こんなの酷《ひど》いよ……っ」

「なんで？　あんた便利屋でしょ？　依頼人の言うこと聞くのが仕事じゃない！」

「そんなことできないよ！」

けてきて」

「ねえ灯里ちゃん、どうしちゃったの？」

泣きたいのか怒りたいのかわからず、美空はただ問いかけた。

「昔の灯里ちゃんは理由もなく、こんなことする人じゃなかったのに」

「昔の私って、一体何を知っているのよ」

低く灯里はつぶやいた。そして目元の手を外し、美空に冷たい視線を向ける。

「依頼を引き受けないなら、さっさと帰って」

「でも灯里ちゃん」

「もう放っておいてよ！」

灯里は全身で美空を拒絶する。勢いよく肩を突かれ、美空は外へ押し出された。

「灯里ちゃん！」

眼前でドアが閉まる。美空が何度中に呼びかけても、ドアが開くことはなかった。

そこから先の記憶は曖昧だ。気づけば慣れ親しんだ家近くの道を、帰巣本能に従うように美空は歩いていた。

だが進む足とは裏腹に、脳内では同じ光景が何度も再生される。真澄の微笑み。潰れたケーキ。苦しげな灯里の表情。何をどう間違えたのかもわからないまま、ただ失敗したという自責の念だけが身体に重く圧《の》し掛かった。

「おい」

ふいに肩をつかまれ、美空は足を止めた。頭上でパチリと街灯が音をたてる。

「瀬崎《せざき》くん？」

目の前に立っていたのは大智だった。光の下、顔を合わせると大智は微妙な表情をする。

「お前、何かあっただろ。メールしても返信ねーし、今も呼んでるのに全然気づかねーし」

慌てて美空は鞄《かばん》を探った。携帯を見れば、大智からの未読メールがある。

「ごめん。気づかなくて」

「別にかまわねーよ。便利屋の仕事だったのか？」

美空は頷いた。大智に情けない顔を見せてはいけないと、できる限り口角を上げてみせる。だが大智は微妙な表情のまま嘆息し、持っていた食材入りの袋を美空に押し付けた。

「今日はオレ、帰るな」

「え？　なんで？」

また何かしてしまっただろうか。大智の急な心変わりに不安が抑えきれず、美空は尋ねる。大智はむっとしたように唇を尖《とが》らせた。

「オレがいると、お前は気を遣《つか》うだろ。そんで今抱えている案件を話すタイミングを見失って、一人で考え込んで、無駄に悩むのが目に見えているんだよ」

美空は瞬きをした。さっきまで感じていた息苦しさが、ゆっくりと薄らいでいく。

「お前は単細胞なんだから、自分の中で抱え込まず、さっさと貴海さんに話して消化してこい。それが片付くまで、恵《めぐみ》さん直伝のビーフシチューはお預けな」

そう言うと大智は袋から手を放す。反射的に美空はそれを受け止めた。

（気を遣うって、どっちが）

不安が消え去り、肩から力が抜ける。美空は胸の前でギュッと袋を抱きしめた。

「ごめん、じゃなくて、ありがと」

「どっちもいらねーよ、ブラコン」

「だからブラコンじゃないってば」

お決まりの会話を交わすと、どちらともなく笑いが零《こぼ》れた。今度は強がりではなく、美空の口元は自然と綻ぶ。

「じゃあ、またね」

「おう、またな」

いつもと変わらない口調で告げると、大智は踵を返す。胸の袋をもう一度抱きしめ、美空は大智の背を見送った。


美空が家に帰ると、貴海は居間のソファでテレビを見ながらくつろいでいた。見慣れた日常と穏やかな空気に、美空はどこか安堵する。

「ただいま」

「うん、おかえり」

何度も聞いている言葉が、不思議と心に染みた。美空は足早に貴海に近づき、コートも脱がずドスンとソファに腰を下ろす。

「ごめん。失敗した」

それから今日あったことを順々に語る。貴海を相手にする時、必要なことは質問で誘導され、不必要なことは受け流されるので、美空は好き勝手に話すだけだ。

「なるほど。それで灯里ちゃんに追い返されて、失意のまま帰宅したと」

美空は頷き、しゅんと項垂《うなだ》れた。冷静になってみると、灯里に対し、もう少し別の上手い接し方があったのではないかと悔《く》やまれて仕方がない。

「けど美空は相変わらず、自分からは平気で相手にぶつかるくせに、相手からぶつかられると、とたんに尻込みするよね」

「だって」

思わず美空は口を尖らせる。貴海と違って、美空は人付き合いが得意なわけではない。中学まで、ほとんどまともな人間関係を作ったことのない美空にとって、今はまだコミュニケーション力強化時期なのだ。

「まあ今回のことは美空が責任を感じる必要はないよ。灯里ちゃんの場合、溜めに溜めたものが爆発したって感じだろうし。それに火に油を注いだのは僕だから、また仁が知ったら怒られそうだなあ」

貴海は小さく笑いを漏らし、美空の頭をぽんと叩く。

「とりあえずその食材を冷蔵庫に入れておいで。そしたら灯里ちゃんのところへ行くよ」

「今から？」

「善は急げって言うだろ？」

美空が目を丸くすると、貴海は当然のように頷いた。

「あといつも言っているけれど、お前の仕出かすことで、僕の手に負えないことはないからね」

インターフォン越しに追い返されると思ったが、灯里は渋々ドアを開けてくれた。おそらく貴海の『ドアを開けてくれないと、ここで泣き叫ぶ』という迷惑極まりない脅しが効いたのだろう。

「何の用？」

「とりあえず立ち話もなんだしね」

仏頂面《ぶっちょうづら》の灯里をよそに、貴海は靴を脱ぎさっさと中に上がり込む。女性の一人暮らしの部屋に断りなく入るという暴挙に、美空はぎょっとした。

「ちょっと！　勝手に入らないでよ！」

一瞬茫然とした灯里だったが、すぐに声を荒らげ貴海を追う。お邪魔しますと早口で述べ、美空も続いた。

「へえ、思ったよりも片付いてるね」

貴海は無遠慮にワンルームをじろじろと見渡す。ベッドにテレビ、一組のイスとテーブルの置かれた部屋は片付いているというより、美空の目には殺風景に映った。

（なんか、寂しいかも）

この部屋で一人、灯里はどんな気持ちでケーキを食べたのだろう。そしてどんな味を噛み締めたのだろう。

「本当に何なのよ。迷惑極まりないんだけど」

苛立ちを隠すことなく、灯里は腕を組んで貴海をにらんだ。

「用があるなら、さっさとして」

「うん。依頼の変更を受けようかと思ってさ」

にこりと笑って、貴海は勝手にイスに腰を下ろす。居場所が見当たらず、そっと美空は机の横に移動した。

「その件ならさっき、あんたの妹に断られたわよ」

灯里は強い口調で応じる。美空は思わず身体を固くするが、貴海は何食わぬ顔だ。

「美空はただのアルバイトだから、最終決定権は社長の僕にあるんだよ。ただ依頼を変更するに当たって、正式な理由が必要なんだよね」

トンと人差し指で机を叩き、貴海は灯里を見つめた。

「五日間ケーキを食べておいて、今更不味いってクレームは信憑性がないよ。しかも依頼の変更を言い出した今日に限っては、ケーキを食べてないみたいだし。そうなると灯里ちゃんのクレームの対象はボヌ・シャンスのケーキじゃなく、別の何かなんじゃないかと僕には思えてさ。その へんの真実を隠されたままだと、どうにも納得できないんだよなあ」

貴海の視線を受け、灯里は眉を寄せた。強気な瞳が迷うように頼りなく揺れる。美空はふいに既視感を覚え、唐突に昴のことを思い出した。自らの意志を呑み込み、感情の嵐と戦っていた昴に、今の灯里の姿が重なる。

「話して、灯里ちゃん」

気づけば美空は声を出していた。行き場のない想いを殺すことは、自分の一部を殺すようなものだ。そんなことを続けていたら、いつか本当の自分がわからなくなってしまう。

「お願い」

美空は頭を下げる。すると灯里は呆れたように、詰めていた息を吐き出した。

「頼まれて話すようなことじゃないんだけど、まあいいや。どうせ話を聞くまで帰らないのは目に見えてるし」

どこか開き直ったように告げ、灯里はベッドに腰を下ろした。

「確かに私がクレームをつけたいのは、ケーキじゃない。あの店で働いている白石真澄に対してよ」

美空は目を見開いた。まさかここで真澄の名前が出てくるとは。

「真澄は私の昔の知り合い、中学の時の同級生なの」

自身の膝に置いた手を見つめながら、灯里は話し出した。

「中学一年の時、真澄と同じクラスになって、席が隣同士って理由でなんとなく話をするようになった。私は言いたいことをズバズバ言う性格で、人から敬遠されることが多かったけど、不思議と真澄とは気が合った。真澄は私とは反対に気が弱くて優しすぎるところがあったから、二人で一緒にいるとバランスが取れて、ちょうど良い感じだったみたい」

美空は中学生の灯里と真澄が並ぶ姿を想像してみた。すると意外にも二人は一つの枠に、すんなりと収まった。

「真澄は子供の頃からパティシエになるっていう夢を持ってた。引っ込み思案の真澄に夢を打ち明けられた時、私はバカみたいに嬉しくて、同時にすごく誇らしかった。私は真澄にとって特別な友達で、信頼されているって思えたから。それで私も決めたのよ。親友として、真澄の夢を全力で応援しようって」

真澄は言っていた。パティシエになろうと決めたのは、夢を応援してくれる友人がいたからだと。それは間違いなく灯里のことだ。

「真澄が作ったケーキを試食したり、ケーキのデザイン画を見せてもらったり、お小遣いを出し合って買った高級ケーキを半分コにして食べたりした。私は全然ケーキに詳しくないのに、真澄はいつも私の意見は参考になるって笑ってた。二人三脚とまではいかないけど、私は真澄の力になれてるって思えて嬉しかった。いつか大人になって、真澄の夢が叶って、真澄の作ったケーキを食べるのがすごく楽しみだったのよ」

美空は真澄の話を思い出す。灯里と真澄が口にしたのは、共通の思い出だ。

「二年になっても、真澄と同じクラスだった。だからこのまま変わらない生活と関係が続いていくんだと疑うことなく思ってた。でも違った。私が信じていたものは、全部あっさり壊れてしまった」

ふっと灯里は目を伏せた。瞳を隠した睫毛《まつげ》が影を落とす。

「きっかけは私が、クラスのリーダー格の女子に目をつけられたことだった。その子は私が言いたいことを言うのが気に食わなかったみたいで、生意気とか偉そうとか、周りの子たちと私の悪口を言うようになった。全く傷つかなかったわけじゃないけど、別に嫌いな相手に嫌われても構わないって私は思っていたから、耐えられない程じゃなかった。だけどそれが余計相手には腹立たしかったみたいで、悪口は次第にいじめへとエスカレートした」

一度両手を握り締め、灯里は続けた。

「無視をされて、物を隠されて、ネットで攻撃されて、さすがにきついなって思い始めた。でも何より辛かったのは、誰も味方がいなかったこと。いじめに加わりはしなかったけれど、親友だと思っていた真澄が見て見ぬふりをして、一切私を助けようとしなかったことよ」

灯里は視線を上げた。その瞳に揺れるのは怒りではなく悲愴感に見えた。

「その後、両親の転勤で私は転校して、いじめからは逃れることができた。でも信じていた親友の真澄に裏切られたという気持ちは消えなかった。人間関係に信頼なんて必要ない。そう思うくらいに、私にとっては手痛い授業料だったわ」

灯里は自嘲気味に笑う。昔の私って、一体何を知っているのよ。灯里が叫んだ言葉が今更ながらに、美空の心に重く沈んだ。

「しかも就活で地元に帰ってきて、愕然《がくぜん》とした。だって有名洋菓子店で真澄が働いているんだもの。就活が上手くいかない私とは対照的に、真澄は夢を叶えて楽しそうに働いている。私が真澄の夢を応援したことも、真澄が私を裏切ったことも、何もなかったかのように笑って毎日を過ごしているの。そんなの理不尽で、納得できるわけないじゃない」

くしゃりと灯里は前髪を押さえつけた。間から覗く瞳に暗い陰が宿る。

「だから私は真澄に相応の報《むく》いを与えたい。これがクレームの真相よ」

話し終えた灯里は深く息をついた。きっと今まで誰にも打ち明けることなく、心の奥底に沈めてきた過去なのだろう。

「本当はケーキを買う依頼だって、店に行ったあんたに真澄が引っかかって、仕事が手につかなくなればいいと思ったの。昔からあんたはバカみたいに女にモテてたから」

灯里の真の目的を知り、美空は複雑な気分になる。だから灯里は毎回ケーキを買ってくるのが美空だと、不満そうな表情をしていたのだ。

「なるほどね。要は中学時代の遺恨を晴らしたいわけだ」

灯里の話を聞き終え、貴海は少し考え込むように口元に手を当てた。

「でもそうなると灯里ちゃんが直接、白石真澄にクレームをつけないと意味がないな」

「は？　なんでよ」

灯里は嫌そうに顔をしかめた。貴海は肩をすくめる。

「だって灯里ちゃんの想いは誰にも代弁できないよ。それに灯里ちゃんの言葉じゃないと、きっと白石真澄には届かない」

「話が違うじゃない。私は依頼をするために、昔のことを話したのに」

「もちろん依頼を引き受ける以上、全力で灯里ちゃんをサポートするよ。一緒に白石真澄をぎゃふんと言わせよう」

「ぎゃふんって……あんた、ふざけてない？」

「僕は大真面目《おおまじめ》だよ。灯里ちゃんこそ、本当は昔の親友と対峙《たいじ》するのが怖いんじゃないの？」

そこでふいに言葉の応酬が止む。灯里は口元を引き締め、きっと貴海をにらんだ。

「別にどうってことないわよ。昔の知り合いと対峙するくらい」

灯里の言葉は、自分に言い聞かせているように思えた。ただどれだけ否定しても、灯里にとって真澄が特別な存在であることは否めない。

「じゃあ決まり。逆転勝利を目指してがんばろうね、灯里ちゃん」

差し出された貴海の手に、一瞬灯里は戸惑った表情を浮かべた。だがすぐにそれを打ち消し、ばちんと貴海の手を叩く。本当にこれでいいのだろうか。美空はどこかすっきりしない気分で貴海と灯里を見比べた。


灯里の部屋を出ると、空には三日月が浮かんでいた。

「福々亭《ふくふくてい》の味噌ラーメンでも食べて帰ろうかなあ」

のん気なことを言う貴海の背を、美空はばんと叩いた。

「それより灯里ちゃんの依頼よ。本当に真澄さんにクレームつけに行くつもり？」

灯里の就職活動の合間ということで、日程は明日の夕方に決まった。灯里の性格上、やると決めたら必ず実行するだろう。

「真澄さんは灯里ちゃんを忘れたりしてないよ。中学の時のことも、きっと後悔しているんじゃないのかな」

灯里のことを話す真澄は、どこか辛そうだった。灯里とは違う意味で、真澄にとっても苦しい思い出なのではないだろうか。

「だからそういうことは、当事者同士が話さないと意味がないんだよ」

白い息を吐き、貴海は夜空を見上げた。

「異体同心なれば万事を成じ、同体異心なれば諸事叶うことなし。まずは相手と向き合って、話し合うことが大切だからね」

「そういうもの？」

「そういうもの」

穏やかに告げられると、納得しそうになる。上手く丸め込まれたような気分になり、美空は頬を膨らませた。

「でも美空は単細胞だから、話し合わなくても、僕は大抵のことは理解できるけどね」

「もう、うるさい！」

軽やかに笑われ、再び美空は貴海の背中を叩く。手のひらに伝わる体温にどこか安心してしまったのは、もちろん絶対に秘密だ。

4

日曜日、天気は曇天。天気予報によると夕方から一段と寒くなるらしい。

待ち合わせ場所に現れた灯里は、リクルートスーツにコートを羽織った姿だった。その顔が強張っているのは寒さのせいだけではないだろう。

「じゃあ行こうか」

マフラーを口元まで引き上げ、貴海はてくてくと歩き出す。意を決したように続く灯里の隣に美空は並んだ。

今まで何度か来た道が、今までとは違って見える。灯里の緊張が伝わってくるようで、美空は手袋をした両手を無意識に握り締めた。

角を曲がると、建物が現れた。窓から見える店内は、やはり女性客で込み合っている。本当にこの中に貴海を入れていいものかと美空が躊躇する間に、さっさと貴海はドアを開け、店内に足を踏み入れた。

「うーん。これは目の毒、じゃなく目の保養だね」

ショーケースに並んだ数々のケーキに、貴海は子供のように瞳を輝かせる。同時に店内の女性陣の瞳が一斉に輝いた。もはや皆、ケーキを選ぶという目的を忘れ、きらきらした目で貴海に見入っている。無駄に明度が上がった気がする店内に、美空はげんなりしてドアを閉めた。

「い、いらっしゃいませ」

先日の女性店員が頬を赤く染め、もじもじと貴海に近づく。そこで当初の目的を思い出し、美空は我に返った。店内に真澄の姿はない。もしかしてと視線を移せば、真澄は今日も厨房に立っていた。

店内の変化に気づくことなく、真澄は熱心に作業をしていた。拭った頰に白い粉がついたのにも構わず、ただ目の前のケーキに集中している。

(やっぱり、すごい)

真澄は外界とは区切られた、とても神聖な場所に立っているように見えた。澄んだ瞳でケーキと向き合う真澄には、周囲の空気を浄化する力すらあるのかもしれない。

「……っ」

ふいに隣で息を呑む音がした。美空がはっと視線を移すと、唇を嚙み締めた灯里が厨房の真澄を見つめていた。震える唇が一度開き、きつく閉じられる。そして灯里は唐突に、身体を反転させた。

「灯里ちゃん？」

ガツンとヒールが鈍い音を立て、灯里のコートが翻《ひるがえ》る。とっさに伸ばした美空の手を振り切り、灯里は女性客を押しのけ外へ駆け出した。

「待って！　灯里ちゃん！」

慌てて美空も灯里に続く。店外に出ると、一気に寒さに襲われた。だが今はそれどころではない。逃げるように走っていく灯里を美空は猛然と追いかけた。

灯里は大通りに出ると、人気のない歩道橋を駆け上がっていく。怯《ひる》むことなく美空は階段に足をかけ、一段飛ばしで上へと向かった。

「灯里ちゃん！」

逃走劇は意外に早く終了した。歩道橋の上、しばらく走ったところで灯里が何かにつまずいたのだ。派手に転びはしなかったものの、灯里は歩道橋のタイルに膝をつく。その隙に追いついた美空は呼吸を整え、灯里の横に立った。

「灯里ちゃん、大丈」

「わかってるわよっ！」

美空が差し出した手を払いのけ、灯里は全身で叫んだ。

「私の応援なんて関係ない！　今の真澄があるのは真澄自身が夢を諦めず、人並み以上に努力してきたからだって、本当は私だってわかっているわよ！」

灯里は崩れるように両手をタイルについた。細い肩が小刻みに震える。

「それに比べて私には、確固たる目標も夢もない。だから就活だって上手くいかない。でもそんな現実を認めたくなくて、勝手に真澄に嫉妬して、中学の時の私怨《しえん》から真澄の人生を壊そうとした」

何かに耐えるように、灯里は右手を握り締める。灰色のタイルにぽつりと小さな染みが落ちた。

「こんな自分が惨めで、格好悪くて、大嫌い……っ」

「だったら」

美空は灯里の前にしゃがみ込んだ。

「変わろうよ。好きだって思える灯里ちゃんに」

もう一度、手を伸ばす。たとえ叩き落とされても、何度でも。

「兄さんが言ったでしょ？　全力で灯里ちゃんをサポートするって」

人間関係に信頼なんて必要ないと、灯里は言った。でも美空は思う。信頼があるからこそ、人と人との間に永く続く強い絆が生まれるのだと。

本当は灯里だって知っているはずだ。そのために現実が認められず、苦しんでいる。

「だから私は全力で、灯里ちゃんを応援する」

灯里はうつむいたまま動かない。美空も手を下ろす気はなかった。そこへ急ぐ様子もなく貴海が現れる。どうやら店内の女性陣による包囲網から無事脱出できたらしい。

「灯里ちゃん、まだ依頼は完遂していないよ」

貴海は灯里の背後に立ち、欄干に寄り掛かった。

「ここで逃げたら何も変わらない。わかっているよね？」

灯里の頭が揺れた。頷いたとも、首を振ったとも取れる動きだ。

「灯里ちゃんが今膝をついたのは、一歩進んだ証拠だよ。前に倒れるのは悪いことじゃない。どんなに振り返っても、後ろに未来はないんだから」

傷ついた灯里の心に寄り添うように、貴海の声は優しい。

「戦場に出でて、千たび千人の敵に勝つことよりも、一人自己に勝つもの、彼こそ最上の戦士なり。戦うべき真の相手がわかった今、逆転勝利は目前だよ」

美空が手を伸ばしたように、貴海は見えない手を差し伸べる。灯里がもう一度、立ち上がれるように。

「ただその前に彼女が自分にとってどういう存在か、ちゃんと見極めないとね」

「灯里ちゃん！」

その声は空気を切り、真っすぐに届いた。美空が視線を移すと、階段を上ったところに真澄が立っている。

「……わかってる」

「灯里ちゃん、真澄さんが」

震える声を出し、灯里は美空の肩に手を置いた。

「今その手は必要ない。ただいざという時、背中を押して」

美空の肩から手を放し、灯里は自分の足で立ち上がる。そしてくるりと身体を反転し、灯里は真澄と向き合った。

「やっぱり灯里ちゃんだ……」

久しぶり、と真澄はぎこちない笑顔を作った。店内の騒ぎで灯里に気づき、追いかけてきたのだろう。白いコックコートにエプロンをつけたパティシエの姿だ。

灯里の後ろにいる美空を見て、真澄は何かを悟ったようだった。口元を引き締め、真澄は灯里に向き直る。

「こっち、戻ってきてたんだね」

「まあ最近、就活で」

灯里の態度はそっけない。開いたまま近づくことのない真澄との距離は、灯里の拒絶にも、警戒にも思えた。

「あんたは夢を叶えて、パティシエの仕事をしてるんだ」

温度のない灯里の言葉に、真澄は一瞬身体を固くする。だが意を決したように灯里を見つめ、真澄は頭を下げた。

「ごめんなさい！」

ぎょっとしたように灯里が目を見張る。そのままの姿勢で真澄は続けた。

「中学の時のこと、今更だってわかってる。でもどうしても謝りたいの。本当にごめんなさい」

灯里は何も言わない。真澄は顔を上げた。

「灯里ちゃんが転校した後、なんとか連絡を取って、謝りたいって思った。でも携帯の番号は変わっていて、引っ越し先の住所もわからなくて……。当然だよね。だって私は灯里ちゃんを裏切った。見て見ぬふりをして、いじめられている灯里ちゃんを助けようとしなかった。二度と会いたくないって思われることを、私はしたんだもの」

「別にもういいよ」

どこか諦めたような口調で灯里は言った。

「もともと気の弱いあんたが私をいじめてたヤツらに対抗できたとは思わないし、誰だって自分が大切でしょ？　だから」

「そうじゃないよ」

灯里の言葉を遮《さえぎ》り、真澄は首を振った。

「私は自己保身で灯里ちゃんを助けなかったわけじゃない。助けたくてもできなかったの。灯里ちゃんをいじめていた子の妹と私の妹が小学校で同じクラスで、もし私が何かしたら妹の立場が悪くなるって脅しのようなことを言われていたから」

意外な事実に美空は瞬きをした。真澄はいじめっ子に妹を盾にされ、傍観者でいることを余儀なくされたということか。

「一人でいじめに耐える灯里ちゃんを見る度に、すごく辛くて苦しかった。でも私より更に気の弱い妹がもしいじめに遭《あ》ったらと考えると何もできなくて、私はただ自分の無力さを噛み締めるしかなかった」

当時の悔しさを思い出したのか、真澄は苦しそうな表情をする。

「灯里ちゃんと会えなくなってからも、ずっと罪悪感と後悔は消えなかった。ケーキを見る度に灯里ちゃんのことを思い出して辛くなった。あんなに親身になって夢を応援してくれた親友を、私は裏切ってしまった。だからもうパティシエになるのは諦めよう。私には夢に挑戦する資格なんてないって何度も思った」

「でもあんたは夢を諦めなかったじゃない」

「そうだね。それはケーキを見る度に辛い思い出と、同時に灯里ちゃんの言葉も思い出したからだよ」

真澄は胸に手を当てた。そこに大切なものがあるかのように。

「中学の頃の私は引っ込み思案で自信がなくて、何かあると落ち込んで、私なんかが努力したって意味がないって、すぐに夢を諦めそうになった。でもその度に灯里ちゃん、私に言ってくれたよね。真澄ならできる。百パーセント駄目な人間なんていない。自分の良いところに気づいていないか、忘れてしまっているだけだって。その言葉を思い出す度に、諦めたらいけないって思った。逃げずに挑戦しようって心に誓った。パティシエになるのは私の夢で、灯里ちゃんとの約束で、二人の友情の証《あかし》だって信じていたから」

一度言葉を切り、真澄は正面から灯里を見つめた。

「私の夢が叶ったのは、灯里ちゃんのおかげだよ。そのことをどうしても伝えたかった」

「……真澄は私のこと、過大評価しているよ」

少しの沈黙の後、真澄とは対照的に灯里は視線を落とす。

「今の私は就活が上手くいかなくて、そのことに苛ついて、あんたの夢を台無しにしようとした。中学の時のことだって、一方的に自分が被害者だと思い込んで、真澄の事情なんて考えようともしなかった。何の理由もなく真澄が私を裏切るなんて、なかったはずなのに。親友だって言っておきながら、先に信じるのを止めたのは私の方だ」

自嘲気味に灯里はつぶやく。白い息が溶けて消えた。

「それに私、酷いことをした。真澄の作ったケーキをめちゃくちゃにしたの。中学の時、真澄がデザインした」

「sourire」

灯里の言葉を真澄が引き継いだ。

「笑顔のケーキ。私がデザインして、灯里ちゃんが名前を考えてくれたケーキだよね」

だから灯里はあの時、ケーキを床に叩きつけたのだと美空は理解する。美空は何も知らずに、灯里が失ったはずの全てを目の前に突き付けていたのだ。

「私ね、ずっと思ってた。何年かかってもいい。いつか灯里ちゃんに私が作ったケーキを食べてもらいたい。それで笑顔になって欲しいって」

一歩踏み出し、真澄は持っていた箱を灯里に向かって差し出した。

「灯里ちゃんはいつも私の味方でいてくれた。だから灯里ちゃんが今辛いなら、私ができる限り応援する。今度は私の番だもの」

そう言って真澄は箱を開ける。中に入っていたのは笑顔のケーキ。

「私は灯里ちゃんみたいに、気の利いたことは言えない。だからこのケーキを食べて欲しい。ここには私の全部が詰まっているから」

灯里は差し出されたケーキを黙って見つめた。動く気配のない灯里の背に、そっと美空は手を伸ばした。灯里の足を止めているものはプライドか、それとも罪悪感か。そして灯里の足を進ませるものは何だろうかと美空は考える。

「灯里ちゃんが食べないなら、そのケーキは僕がもらおうかなあ」

停滞した空気を溶かすように、貴海が声を出した。美空はぎょっとし、真澄はみるみるうちに赤面し、灯里は顔をしかめる。三者三様の反応を見て、貴海は笑いを漏らした。

「というのは冗談。たてつかず、争うことをやめ、不信の心を除けば、よく説かれた言葉を理解する。もう失くさなくったって、大切なものには気づけるだろうしね」

欄干に寄り掛かっていた身体を起こし、貴海は灯里を促す。

「花の色美なりといえども、独り開くるにあらず。春の時を得て光を見る。一度手放したものを取り戻して、逆転勝利を摑んでおいで」

「うるさいわよ。お節介」

貴海に文句を言うと、灯里は真澄に向き直った。一本の芯が通ったように伸びる背筋に、美空はゆっくり手を下ろす。もうその背を押す必要はない。灯里は自分の足で一歩を踏み出せる強さを持っている。

「まさか真冬の屋外で、真澄のケーキを食べるなんてね」

真澄の前に立ち、灯里は肩をすくめる。真澄も苦笑した。

「私ももう少し、オシャレでスマートな感じが良かったんだけど」

「でもまあ、これはこれで」

「私たちらしい、かな？」

互いに目を合わせると、二人を包む空気が和らいだ。灯里はケーキの箱を受け取り、中に入っていたフォークを手にした。

「じゃあ、いただきます」

静かに告げ、灯里はケーキを口にする。ゆっくりと噛み締めるように一口を食べ終えると灯里はうつむいた。そのまま黙り込んでしまった灯里に、真澄が不安げに声をかける。

「灯里ちゃん？　おいしくなかった？」

「……何よ、これ」

やがてぽつりと灯里はつぶやいた。

「食べた人を笑顔にって言っておきながら、人を泣かせるケーキってどういうことよ……」

顔を上げた灯里の眼から、ぽろぽろと涙が零《こぼ》れ落ちた。まるで長年胸の内に溜め込んでいた想いが自由になり、次々と溢《あふ》れ出てくるかのように。

「それは灯里ちゃんの涙腺の問題でしょ？」

そう言う真澄も赤くなった目元を押さえる。美空は厨房に立つ凛とした真澄の姿を思い出した。彼女の作るケーキには、後悔や罪悪感を浄化する力すらあるのかもしれない。

「だけど、美味しい」

もう一口ケーキを食べ、灯里は泣き笑いの表情を作った。

「今まで食べたケーキの中で一番美味しい」

涙を拭う灯里の顔を見て、美空は心の靄《もや》が晴れるのを感じた。本当に灯里がケーキを届けて欲しかったのは、誰でもない真澄だったのだ。

「ありがと、真澄」

灯里が浮かべた笑顔はとてもきれいで、幸せそうだった。真澄も笑顔で大きく頷く。

「あーあ、僕も美味しいケーキが食べたいなあ」

いつの間にか隣に立っていた貴海が二人を見てぼやく。その背を軽く叩き、美空は苦笑した。

「また今度ね」

美味しいケーキを食べる機会は、これから何度でもある。だから今はただ祝福しよう。

数年ぶりの親友の再会と、二人の夢の奇跡を。

## 5

数日後、灯里は東京に戻ることになった。

「わざわざ悪いわね。荷物整理まで手伝ってもらって」

キャリーケースを引く灯里の隣を歩きながら、美空は首を振った。

「別にいいよ。今日は学校が早く終わる日だったし。灯里ちゃんの見送りもしたかったから」

そうと応じる灯里の表情は、以前に比べ格段と明るくなった。彼女本来の強さが復活したのだろう。

「今度は東京で就職活動をするの？」

「どうかな。まだ卒業まで時間はあるし、とりあえずいろんな人の話を聞いて、自分に何が合っているのか、何がしたいのか。一度ちゃんと考えてみるつもり」

「そっか。灯里ちゃんは正義感が強くて頼もしいから、人を助ける仕事とか向いてそう」

「ふうん。まあそれも参考にしとく」

さらりと灯里に意見を認められ、美空は嬉しくて頷いた。

やがて駅に到着すると、灯里は改札前で立ち止まった。見送りはここまで、ということなのだろう。

「ありがとね、美空」

唐突に灯里は礼を言った。美空は首を振る。

「だから別に」

「荷物整理のことじゃなくて。私あんたに、けっこう嫌な想いさせたでしょ？　かなりきついことも言ったし。それでもあんたが逃げずにぶつかってきてくれたから、私は真澄と和解することができた。だから感謝してる」

真っすぐに礼を言われ、美空は顔が熱くなった。照れくささと、申し訳なさでいっぱいになる。

「本当は私、一度逃げかけたんだよ」

灯里が真澄のケーキを叩きつけた時、もう放っておいてと叫んだ時、美空の心は折れかけた。

「でも我が家にはほら、相手を詐欺的に前向きにしちゃう人がいるでしょ？」

「ああ、あんたの兄貴ね」

灯里は顔をしかめる。美空は苦笑した。

「あれって何なんだろうって、いつも不思議に思うの」

貴海が持っているのは人を動かす力だ。美空だけではない。貴海と出逢った人は皆、心の壁を取り除かれ、素直な気持ちを引き出され、それを原動力に新たな一歩を踏み出していく。

「そのへんを見極めるのが、妹の役目なんじゃないの？」

荷が重そうだけどと灯里は笑う。美空も同意した。

「じゃあ兄貴にも、よろしく言っておいて。今回は負けっぱなしだったけど、次に会う時は絶対にリベンジするから」

「わかった。その時は私、灯里ちゃんを応援するね」

美空が拳を握ると、灯里は笑って右手を差し出した。握手を求められていると気づき、美空はその手を取る。

「元気でね」

「うん。灯里ちゃんも、がんばって」

一度握ってから離れた手を、寂しいとは思わなかった。これで終わりではない。また、何度でも。

「灯里ちゃん！」

声をかけると、改札を抜けた灯里は不思議そうに振り向いた。

「いつか一緒に、兄さんをぎゃふんと言わせようね！」

驚いたように灯里は目を丸くする。それから鮮やかな笑みを浮かべ、灯里は大きく頷いた。

＊

ホームにつくと、まだ電車が来るまで少し時間があった。ベンチに腰を下ろし、灯里は茜色《あかね》に染まりつつある空を見上げる。

八年前、ここを発《た》つ時に見た空の記憶はない。きっと今とは違い、下を向いていたのだろう。

感傷に浸《ひた》っていると携帯が鳴った。真澄からだ。仕事を休んで見送りに行くと言った真澄を止めたのは、誰でもない灯里自身である。

「あ、良かった。まだ電車じゃなかった？」

灯里が通話に出ると、真澄は安堵した声を出す。またこんなふうに会話をするようになるなんて思ってもみなかった。

あれから真澄とは何度か会い、作ったケーキを食べながら少しずつお互いの近況を話した。誤解が解けた今、離れていた距離と時間を埋めるのは、それほど難しくはなかった。

「あと少しで来るところ。あんた、仕事は？」

「今は休憩中だよ。大丈夫」

「とか言って、店に散々迷惑かけたんだから、ちゃんとしなさいよ」

灯里がボヌ・シャンスを飛び出した日、ざわつく店内で、真澄は貴海に手を差し伸べられたらしい。大切な友人のために、一緒に来て欲しいと。王子様みたいだったよと真澄は頬を染めていた。ただその後、騒然とする女性客たちをなだめ、真澄にケーキを持たせて送り出したオーナーこそ、最大の功労者だと灯里は思うのだが。

「ねえ灯里ちゃん、ちゃんと貴海さんとお別れはした？」

まるで心を読まれたかのような質問に、灯里は眉を寄せた。

「あいつはいいの。便利屋の仕事があるみたいだし。今度会ったらリベンジするし」

そっかと真澄は笑う。余計なことを言われる前に灯里は口を開いた。

「真澄こそ、ちゃんとオーナーにお礼言いなさいよ。日頃の想いも込めてね」

「私はちゃんと言いました！」

焦ったように真澄が返す。会話から察するに、真澄がオーナーに好意を抱いているのは明らかだ。

やがて電車の到着を告げるアナウンスがされる。真澄にも聞こえたらしく、電話の向こうで短く息を呑む音がした。

「灯里ちゃん」

立ち上がり、灯里はホームの端へと移動する。

「いってらっしゃい」

滑り込んだ電車の音に消されることなく、その声は灯里の心に届いた。目の前で開くドア。今度は逃げ出すんじゃない。ここから出発するのだ。

「いってきます」

笑顔で告げ、灯里は電車に乗り込む。ドアが閉まり、電車は真っすぐに走り出した。

通話を終えた携帯を仕舞い、灯里は車窓から流れる景色を見つめた。身体にまとわりついていた過去が、徐々に穏やかな思い出へと変わっていく。

『寺の息子が女に貢がせて、恥ずかしくないわけ？』

その記憶は最後に、鮮やかに甦った。

季節は春。満開の桜の下で、灯里は貴海と対峙した。

『このままだと将来、絶対にろくな男になんないから！　今のうちに頭丸めて仏門にでも入ってなさいよ！　未来のヒモ男！』

驚いたように丸くなる貴海の目に映る灯里は、真っ赤な顔をしていた。さすがに恥ずかしくて立ち去ろうとした灯里の腕を取り、貴海は言ったのだ。

『悪いけど今も未来も、ヒモに繋がれる気はないよ』

春の陽ざしのような、穏やかな声で。

『いつもどこでも自由に生きる。それが僕の夢だからね』

その瞬間、雷に打たれるように唐突に理解した。女性に囲まれる貴海を見ると苛立つ理由も、掴まれた腕が焼けるように熱い訳も。

（今思うと、子供だよなあ）

一人苦笑して、灯里はこつんと窓に頭を押し当てた。ただ貴海に対して素直になれないのは、今も昔も変わらない。

（本当に、変なやつ）

大人になって再会した貴海は宣言通り、自由に生きていた。何にも囚《とら》われることなく、心のままに。そんな彼を見た時、本当はひどく安心した。彼が変わらないでいてくれたことに救われた。

自然と綻ぶ口元に、灯里はそっと目を閉じる。大切な記憶はいつまでも胸の奥にしまっておこう。

「ばいばい、安住貴海」

目蓋《まぶた》の裏で、桜の花びらが舞う。確かにあの時、灯里は恋をしていた。

＊

灯里を見送った美空は、そのまま家へと帰った。今週はテスト期間のため、便利屋の手伝いは免除されている。ただその分来週に、倍こき使われるであろうことは目に見えているが。

（それはそれで、別にいっか）

居間のソファに座り、美空は大きく伸びをした。依頼を終えた後の充実感と、少しの寂しさ。そして「次」への期待と好奇心。これらがあるから雑用も予想外のトラブルも、それほど悪くはないかなと思う。便利屋の仕事を通して、誰かの人生の一部に触れることは、美空にとって貴重な経験だ。

（なんて兄さんには絶対に言わないけど）

当の貴海は今日、便利屋の御用聞きを兼ね、檀家巡りという名のファンサービスをしている。月に何度か行われるこの顔出しにより、晴安寺の安寧と便利屋の収益は守られているのだ。

そろそろ時間的に貴海が帰ってくる頃だろうか。壁の時計を見ると同時、携帯が鳴った。貴海かと思いきや、相手は大智だ。

「もしもし？」

大智と会話をするのは、灯里に怒鳴られ、落ち込んでいた夜以来になる。きちんと説明をしなくてはと、美空は背筋を伸ばした。

「この前はありがと。もう全部、大丈夫だから」

「みたいだな」

あっさりと大智は応じる。全てわかっているような言い方に美空は首をひねった。

「さっき貴海さんから連絡があった。そろそろオレの飯が食いたいって」

疑問はすぐに解けた。してやられた気がするのは、なぜだろう。

「オレのところは終わったけど、お前の方はまだテスト期間か？」

「うん。今週までは」

「なら週末、そっちに行く。貴海さんにリクエストは受け付けたって伝えとけ」

電話越しにもかかわらず、大智の機嫌の良さが手に取るようにわかる。二週間ぶりの手料理は、かなり豪勢になりそうだ。

「瀬崎くんって本当に、兄さんのことが好きよね」

「はあ？」

思わず美空が本音を零すと同時、大智が大声を出した。耳がキンとし、美空は携帯を遠ざける。

「別にオレは貴海さんに食わせるためだけに、飯を作ってるわけじゃねーよ」

「え？　何？」

携帯を耳に当て直し、美空は聞こえなかった言葉を訊く。とたんに大智はぶっきらぼうに、もういいとつぶやいた。

「とにかく週末、覚悟しとけ。じゃあな、ブラコン」

「ちょっと」

ぶつりと通話が切れる。携帯を見つめ、美空は溜息をついた。

「なんでいつも、余計な一言を……」

「さあ、なんでだろうね」

独り言に応じる声に、美空はぎょっとした。いつの間にか帰宅した貴海が、ドアに寄りかかって立っている。

「いつから？　どこから？」

「帰ってきたのは今さっき。電話の内容は聞いてないよ」

美空が焦って尋ねると、貴海は平然と答えた。

「ただ相手は大智だろ？　いつ来るって？」

「週末。兄さんのリクエストは受け付けたって」

どうやら恥ずかしい会話は聞かれていないらしい。美空が胸をなで下ろすと、貴海はくすりと笑いを漏らした。

「そっか。じゃあ仁も呼び出そうっと。豪華な食事の後は、やっぱり高級デザートが必要だからなあ」

「またそうやって、仁ちゃんに我《わ》が儘《まま》を言う」

「いいんだよ。僕の我が儘は仁の日常の一部だし。それに仕事が忙しくなると、仁はすぐ衣食住を疎《おろそ》かにするからさ。ちゃんと栄養と休息を取らせて、僕専用の鉄壁には常に万全の状態でいてもらわないとね」

栄養はともかく、貴海と一緒では休息は取れないだろう。別に仁を鉄壁扱いする気はないが、彼にダウンされると様々な意味で困る。ここは大智にがんばってもらおうと、美空は完全にサポートに回る決意をした。

「あと美空、これは今日の成果だよ」

そう言う貴海の足下には、いくつもの異なる紙袋が並んでいた。どうやら檀家巡りをする中で、食べ物から洋服まで様々な貢物を手に入れてきたらしい。相変わらずの女性人気に、美空はげんなりした。

「これだけあるなら、仁ちゃんの手土産はいらないでしょ」

「それはそれ、これはこれ。で、こっちは美空にね」

そこで貴海は一つの紙袋を美空に手渡す。見覚えのある袋に、美空は目を丸くした。

「ボヌ・シャンスのケーキ！」

思わず箱を開けてみる。中に入っていたのは真澄の笑顔のケーキだ。

「これは檀家の誰から？　それともまさか兄さん、真澄さんにまで……」

「失礼だなあ。ちゃんと僕が店で買ったんだよ。心持ち、安くしてもらったけど」

無料でなくても定価ではないのか。灯里が知ったら怒りそうだなと、美空は心の中で頭を下げた。

「でも兄さん、どうして？」

誰かに貢がれることはあっても、貴海が何かを買ってくるのは珍しい。純粋な疑問に美空が首を傾げると、貴海は軽く笑った。

「この前のプリンの代わり、じゃないけどね。たまには美空にもご褒美が必要だろ？」

ぽんと美空の頭を叩き、貴海は貢物の袋を両手に台所へと向かう。完全に緩んでしまった口元を引き締め、美空も後に続いた。ケーキ一つでここまで舞い上がってしまうとは、己の単純さが恨めしい。

「これ、今から食べていいの？」

「もちろん」

当然のように頷く貴海は食卓の定位置につき、すでにスタンバイ済みだ。こうなるともう、誰のためのケーキかわかったものではない。

だが美空もケーキの誘惑には抗《あらが》えず、そそくさと紅茶を淹《い》れた。互いのケーキを配り、美空も席につく。

「じゃあ、いただきます」

「どうぞ。遠慮せずに食べていいよ」

奢《おご》りだと言わんばかりに促され、美空は顔を引きつらせつつもケーキを口にする。次の瞬間、全ての邪念は吹っ飛んだ。

「すごい！　めちゃくちゃ美味しい！」

口どけの良いムースにフルーツの爽やかな甘みが絶妙だ。美空は高潮した頰を押さえる。

真澄のケーキはその名の通り、食べた人を笑顔にするようだ。

「うん。これは本当に美味しいなあ」

もぐもぐとケーキを食べつつ、貴海も満足げに顔を綻ばせる。女性陣を魅了する極上の笑顔ではなく、子供のような純粋無垢な笑みを目にし、美空はおかしくなって笑いを嚙み殺した。

（でも、そっか）

もう一口ケーキを食べ、美空は理解する。ケーキが美味しいから笑顔になるだけではない。美味しいケーキを一緒に食べる人がいるからこそ、笑顔が倍増するのだ。

「仁ちゃんと瀬崎くん、それに都乃さんにも食べて欲しいな」

日頃から世話になっている人たちの名を美空は挙げる。同感とばかりに貴海は頷いた。

「そこに僕と美空を加えて五人分か。ますます便利屋の仕事をがんばらないとね、美空」

「がんばらないとって、私が？」

「だって今度は美空が奢ってくれるんだろ？　しっかり働いて、アルバイト代を貯めないといけないなあ」

「アルバイト代なんて、一度ももらったことないんだけど」

フォーク片手に美空はぼやく。ただ貴海と便利屋稼業から得るものは、お金ではなく目に見えない大切なものだとわかっている。

「もういいよ。便利屋の仕事は今まで通り、ちゃんとやる」

だが素直な気持ちを口にできるほど、美空はまだ大人ではない。

「だって私はただ働きのボランティアで、『安住貴海の妹』だもん」

美空が唇を尖らせると、貴海はおかしそうに笑う。いつか社長の右腕になるまで登りつめてやると、決意も新たに美空は残りのケーキを堪能することにした。

本書は、書き下ろしです。

# 晴《せい》安《あん》寺《じ》流《りゅう》便《べん》利《り》屋《や》帳《ちょう》
## 安住兄妹《あずみきょうだい》は日々《ひび》是戦《これたたか》い！の巻《まき》
真中《まなか》 みずほ

2017年1月5日初版発行

発行者……長谷川 均
発行所……株式会社ポプラ社
〒160-8565 東京都新宿区大京町22-1
電話……03-3357-2212（営業）
03-3357-2305（編集）
振替……00140-3-149271
フォーマットデザイン 荻窪裕司（bee's knees）
印刷・製本 凸版印刷株式会社

乱丁・落丁本は送料小社負担でお取り替えいたします。
小社製作部宛にご連絡ください。
製作部電話番号 0120-666-553
受付時間は、月～金曜日、9時～17時です（祝祭日は除く）。


ポプラ文庫ピュアフル

ホームページ http://www.poplar.co.jp/ippan/bunko/

N.D.C.913/302p/15cm
ISBN978-4-591-15308-6